小学館文庫

京都鴨川あやかし酒造

龍神さまの花嫁

朝比奈希夜

小学館

目次

京都鴨川あやかし酒造

龍神さまの花嫁

序章

頬《ほお》に感じる風が次第に冷たくなってきた十一月初旬。

私、成瀬小夜子《なるせさよこ》は、鴨川《かもがわ》の源流のひとつである貴船川《きぶねがわ》上流、京都の奥座敷にある貴《き》船《ふね》神社の支度室で真っ赤な紅を唇にのせてもらっていた。

二十歳になった今日は、私の結婚式なのだ。

身に纏《まと》うのは、鶴と梅花の手刺繍《てししゅう》が施された上質な正絹《しょうけん》の白無垢《しろむく》。ずっしりと重く、綿帽子を被《かぶ》ると気持ちが引き締まる。

準備が整い支度室を出ていくと、私の夫となる泉宮浅葱《いずみやあさぎ》さんが待ち構えていた。伏《ふし》見《み》の鴨川寄りにある泉宮酒造の杜氏《とうじ》である彼は、身長が百八十センチ以上はあり、切れ長の黒目がちな目にすらりと高い鼻を持つ、眉目秀麗な男性だ。五つの日向《ひなた》紋が入った長着《ながぎ》と羽織、そして縞《しま》柄の袴姿《はかますがた》がしっくりときている。

彼は緊張で顔がこわばっているだろう私をじっと見つめた。

「小夜子。きれいだ」

そしてひと言。

「えっ……」

きれいだと聞こえたのは、幻聴じゃないわよね？

思いがけない言葉をかけられて顔を上げると、視線が絡まり鼓動が速まっていく。

「そろそろお時間となります。こちらへどうぞ」

係の人に促されて貫禄《かんろく》ある浅葱さんの隣に並ぶと、大きな朱色の唐傘をかざされていよいよ参進《さんしん》の儀。神職による横笛や笙《しょう》の厳かな調べが響き渡る中、神殿へとゆっくり足を進める。

ここ貴船神社は、降雨や止雨《しう》を司《つかさど》る龍神、高龗神《たかおかみのかみ》、闇龗神《くらおかみのかみ》が祀《まつ》られている。清らかな水を必要とする酒蔵には関わりの深い神社のようだ。湧き出す御神水がにごらぬようにという思いを込めて、『きぶね』ではなく『きふね』と読むのだとか。

本殿に足を踏み入れると緊張がピークに達する。そのせいで指先が小刻みに震えているのに気づいたのか、隣の浅葱さんが私をチラッと見て手を差し出した。

握れというの？

私がおそるおそるその手に手を重ねると、彼は再び前方に視線を向ける。しかし、私の手をそっと握った。

それから挙式は粛々と進む。

大幣《おおぬさ》で穢《けが》れを清める修祓《しゅばつ》の儀、御神前にお供えものをする献饌《けんせん》の儀が終わると、斎主が私たちの結婚を神に報告する祝詞奏上《のりとそうじょう》の儀。そしてそのあとは夫婦《めおと》固めの盃《さかずき》の儀。

御神酒《おみき》が注がれた盃を浅葱さんと交わす。
やはり緊張のあまり息もまともに吸えない私に、彼は優しく微笑《ほほえ》んでみせた。
これが、私が初めて見た浅葱さんの笑顔だった。

第一章

旦那さまは龍神でした

「小夜子。あんたは掃除もまともにできひんの？」

「すみません」

私は高校を卒業後、伏見稲荷《いなり》大社の近くの土産物店『千両屋《せんりようや》』で売り子として働いている。

「まったく。あんたは器量がよくないんだから、しっかり働き」

甲高い声で私をなじるのは、亡くなった父の妹。つまり叔母だ。

私が生まれてすぐに母が病で亡くなり、それ以後父がひとりで育ててくれたが、心労がたたったのか中学三年のときに心筋梗塞であっけなく逝ってしまった。

私と父は東京で暮らしていたけれど、それ以来、ここ寺内《てらうち》家でお世話になっている。

先代から受け継いで寺内の叔父が経営している千両屋は規模も小さく、叔父が仕入れを担当して、店頭に立つのは叔母と私だけ。毎日必死に働いているが、なにをしても叱られてばかり。これでも一生懸命やっているつもりなんだけど、まだまだ努力が足りない。頑張らねば。

「お母さん、行ってきます」

そのとき、住居になっている二階から下りてきた同じ歳《とし》の亜紀《あき》さんの声が聞こえてきた。彼女は大学に通っていて、青春を謳歌《おうか》している。アルバイトもしているようだが、千両屋ではなく、とあるおしゃれなカフェだ。

「亜紀。今日は何時に帰るの？」

「もう、いちいちうるさいなぁ。友達と約束があるからちょっと遅くなる」

亜紀さんは私には絶対にできない反論をして裏玄関から出ていった。

あきれ顔でため息をついている叔母だったが、店にお客さんが入ってきたので瞬時に笑顔を作る。

「おこしやす」

亜紀さんともめたあとはいつもとばっちりを受けてなにかしらお小言をいただくので、お客さんが来てくれて助かった。

私はさっと店内の掃除を済ませてしまい、叔母と接客をバトンタッチした。

店番は叔母とふたりで担当することになってはいるが、私が高校を卒業してからは、大混雑するとき以外、私がほとんどひとりでしている。叔母は、店番と言いつつ近所のおなじみさんとおしゃべりにいそしむのが日課なのだ。

「お酒をお土産にしたいのですが、どれがおすすめですか？」

伏見稲荷詣でに来た観光客のようだ。

「伏見は京都の酒どころですからどれもおいしいのですが、こちらがとても人気です」

私はまだ二十歳になっていないのでアルコールを口にしたことがない。だから味はわからないが、飛ぶように売れる酒がある。

「有名な泉宮酒造のものなのですが、大量生産する酒蔵ではございませんので、京都にお越しいただかなければお買い求めいただけません。お土産用に喜ばれるのではないでしょうか？」

私は吟醸酒『暁光《ぎょうこう》』をすすめた。

暁光が泉宮酒造の酒の中では一番良心的なお値段で、七百二十ミリリットルで千三百円ほど。

良心的といっても他の酒蔵の酒と比べると高めの値段設定なのだが、リピーターが絶えない。これを飲んだお客さんから、『うますぎて、もう他の酒が飲めなくなったよ』といううれしい声を聞いたこともあり、胸を張って推している。

「この隣のお酒は高いですね……」

「そうですね。こちらも泉宮酒造のものですが、純米大吟醸『龍翔《りゅうしょう》』になります。こだわりの米を三十パーセントほどの大きさになるまで精米して雑味を取り除いていますので、大変香りがよくコクのある商品となっています」

お客さんが目を丸くしているのは、暁光と同じ大きさで二万円を超えるからだ。とはいえ、これを求めて遠方から訪れるお客さんが絶えず、月に何本も売れていく。

ちなみに、千両屋で扱いがある泉宮酒造の商品ではそのふたつの間に大吟醸『星《せい》芒《ぼう》』がある。こちらは一升瓶があり八千円。龍翔が断トツに高い。

泉宮酒造の商品は、どれもこれも売れ行きがいい。通販など一切しておらず、京都の店にしか卸していないので希少価値があるのかもしれないけれど、その味に唸《うな》る人が多いのが人気の一番の理由だろう。

「初めてなので、こちらにしておきます。二本いただきますけど、別々に包装してもらえますか？」

「もちろんです。ありがとうございます」

結局、暁光が二本売れた。

千両屋で数が出るのは、抹茶味のお菓子。しかし、売り上げが一番多いのは間違いなく泉宮酒造の日本酒だと思う。

その後もお客さんが訪れて、暁光がどんどんなくなっていく。といっても、千両屋の付近にはほかにも土産物店が多数あり、そちらと比べるとお客さんの数が少ない。

伏見稲荷大社付近はうずらやスズメの串焼きが有名で、そうしたものを販売している店もある。他には神具の専門店もあるし、定番の土産物が置いてある店も。それらの店が多数軒を並べる中で、先代から続く千両屋はわりと歴史があるほうだ。

比較的新しい店は商品の開拓をこまめにしていて、反応がいい商品にどんどん変更していく。一方千両屋は、新しい商品を置いてみるということもせず、昔から扱っているものを淡々と売っているだけ。店舗も町屋風で趣があると言えば聞こえはいいが、暗い雰囲気で近寄りがたい感じだ。

叔父の若かりし頃は特に工夫をすることがなくても繁盛していたようで、そのときと同じ感覚で商売をしているのだろう。

もう少し、売り上げを伸ばすにはどうしたらいいか考えるべきだと思うのだけど。

商品を置く位置を変更してみたり、店の前で呼び込みをしてみたりしたが、せっかく店内に入ってもなにも購入せずに出ていってしまう人も多い。しかし、叔父や叔母に意見できる立場にはなく、こっそりため息をついている。

その中で唯一飛ぶように売れるのが、泉宮酒造のお酒なのだ。それはおそらく、酒の販売には免許が必要で簡単には扱えず、最近できた土産物店では扱いがないからだと思う。それに酒類小売業免許のある小売店であっても、泉宮酒造は造る量に限りがあるので新たな契約はなかなか結べないらしい。それが千両屋には奏功している。

とはいえ、私が京都に来て店を手伝い始めた頃に比べても売り上げは下降線をたどる一方で、そのことで時々叔父と叔母が喧嘩《けんか》をしている。そして最後は決まって、

『小夜子の愛想がないから売れないんだ』という結論に至る。

笑顔を絶やさず、できる限り丁寧にそして腰を低くして接客しているつもりではあるが、口上手とはいかないのでなかなか難しい。

給料は支払われている形にはなっているが、食費や住居費といった名目でほとんど抜かれてしまうので自由に使えるお金もあまりない。そのため、亜紀さんのように流《は》行《や》りの洋服を着ることもないし、ほぼすっぴん。だから売り子として華がないことは認める。

そんなことをぼんやり考えていると、初老の男性が入ってきた。

「おこしやす」

お客さんを迎えるときのあいさつは、これに決まっている。

「すみません。道をお尋ねしたいのですが……」

「はい。どちらに行かれるのでしょうか？」

お客さんでなかったのは残念だったが、いつかお客さんとして訪れてくれる日が来るかもしれない。私は店の外に出て近所のお食事処《どころ》までの道案内をした。

「助かりました。さっきの細い道を曲がればよかったんですね」

「はい。曲がってすぐです。どうかお気をつけて」

元気に歩きだした男性に声をかけて店内に戻ると、叔母が険しい表情で私をにらんでいる。

「小夜子。しょうもないことばっかりせんでいい。そんな暇があったら品出しでもしよし」

「はい」

男性は喜んでくれたのに、叱られてしまった。お金にならないことはしなくていいということだ。

「あぁ、品出しの前に買い物に行ってきて」

「わかりました」

私は叔母からメモを預かり、自転車に乗ってスーパーに向かった。

スーパーへの買い出しはほとんど毎日私の仕事。といっても、嫌いではなくむしろ好き。叔父や叔母の監視の目から逃れて、自由に羽を伸ばせる時間だからだ。

「ちょっと休憩」

店では休む間もない。だから買い物のときに、ほんの少しだけ座って休憩をとるのが習慣になっている。

今日はいつも通りかかる公園のベンチが空いているのを見つけて、そこに腰かけた。

京都の夏は暑い。九月に入っても三十五度を超える日もよくある。今日は薄曇りなのでそこまでではないが、自転車をこいでいると額に汗が噴き出してくる。

なにか楽しいことでも考えたいのに、なにも浮かばない。

「不器用なんだろうな……」

思わず愚痴が漏れた。

何事もうまくこなせない私は、このままずっと千両屋で叱られながら働いていくのだろう。

亜紀さんは友達や彼氏とよく遊びに行くし、好みの洋服やアクセサリーを身に着けている。それがうらやましくもあるが、父が亡くなってから育ててくれたのは寺内家だ。文句が言える立場ではない。

「お父さん……」

父が生きていてくれたら、私は亜紀さんみたいに楽しい青春をすごせていたのだろうか。

最近失敗続きで気が滅入《めい》っていたせいか涙がこぼれそうになり、歯を食いしばった。

「あー、ダメダメ」

疲れているとネガティブになる。

まだまだ頑張れる。元気出さなくちゃ。

私は自分の頬をパンパンと叩《たた》いて、笑顔を作る。辛気臭い顔で接客されても、お客さんも気分が悪いだろう。私は私にできることを全力でするだけだ。

気持ちを切り替えてベンチから立ち上がったとき、公園に一匹の犬が迷い込んできた。


「あっ！」

その赤茶色の美しい毛並みを持つ小型犬に見覚えがあり、大きな声が出る。

「そうよね。あのときのワンちゃんよね」

私は駆け寄り、その犬を抱きしめた。

あれは、私が高校生の頃の話だ。


――「危ない！」

下校途中に駐車中の車の陰から幼い男の子が飛び出したのを見て、とっさに追いかけた。けれど、車が目の前に迫り間に合わないと脱力しかけた瞬間、一匹の小型犬が私を背後から追い越して、なんと車の前に飛び込んでいく。それに驚いた運転手が急ブレーキを踏み、男の子の目の前でなんとか停車。泣きじゃくる男の子にお母さんが駆けつけて、運転手に頭を下げている。

「死んじゃったの？」

私ははねられて道端でぐったりしていた犬に駆け寄った。

「ねぇ、死んじゃ嫌」

口から血を吐いている犬を抱き上げ、必死に声をかける。

誰かが散歩でもしていたのだろうかとあたりを見回してみたが、それらしき人はいない。それに、首輪をしていない。

私はその犬を抱き上げてとっさに走り出した。近くに動物病院があるのを知っていたからだ。

走りに走って病院に飛び込むと、診療時間が終了していて泣きそうになる。でも、ドンドンと玄関のドアを叩いていると、中から人が出てきてくれた。

「どうしたの？」

「この子が、車にはねられて……」

必死に訴えると獣医師がすぐに診察してくれて、犬は一命を取り止めた。

治療費は高く、私に支払えるものではない。夕飯の買い物のために叔母から預かっていたお金をすっからかんになるまで出しても、まったく足りなかった。しかし、事情を察した獣医師が「それでいいよ」と言ってくれたのだった。

もちろん、帰宅してお金を落としたと嘘《うそ》をついたら、叔母に大目玉を食らったのは言うまでもない。

それから入院になった犬に毎日会いに行っていたが、歩き回れるようになった頃、ゲージから忽然《こつぜん》と姿を消してしまったそうだ。

その出来事はあの動物病院の七不思議となっている——。

「元気にしてたのね。急に消えるから心配したんだよ」

少し大きくなっているような気はするが、美しい毛並みはあの頃と変わらない。何度も撫《な》でてやると、気持ちよさそうに目を細めた。

私のことを覚えているのだろうか。少しも逃げていく気配がない。

「あのときは、男の子を助けてくれてありがとう。私じゃ追いつかなかったよ」

しかも、命がけの行為だったのだから、お礼を言うくらいでは済まない。

犬が人間の子供を救うために自分の身を投げ出すなんて、普通に考えたらありえない話だ。けれども、目の前でそれを見ていた私には、どうしてもそうとしか思えなかった。

「お前の飼い主はどこにいるの？」

事故のときと同じように周囲を見回してもそれらしき人はいない。

——ワンワン。

まるで甘えるかのごとく、しゃがみこんだ私の脚に頬を擦り付けてくる。

「かわいいね」

犬の頭を撫で続けていると、気持ちが落ちていくせいか視界がじわりと曇ってきた。

笑顔でいなくてはと思ったばかりなのに、私にはこんなふうに甘えられる人が誰もいないんだとつらくなったのだ。

「ごめんね。私、どんくさくて叱られてばかりなの。あなたみたいに立派じゃなくて……」

――クゥーン。

鳴き声が切なく聞こえるのは、私の気持ちのせいだろう。でも、励まされている気がしてありがたかった。

私が静かに涙を流す間、その犬は私にすり寄ったまま離れようとしなかった。

「よし。ありがとう。元気出た」

しばらくして頬の涙を拭い、立ち上がる。

「ずっとこうしていたいけど、そろそろ行かなくちゃ。あんまり遅くなると叱られちゃう」

私はもう一度しゃがんで犬を抱きしめる。

「お前も飼い主のところにお戻り。首輪はしてないけど、室内犬でしょ？　こんなに毛並みが整っているんだもの」

手入れされていて、とても野良だとは思えない。

「ご主人さま、心配してるよ。また会えるかな……」

名残惜しいが、タイムリミットだ。

私は犬の頭を撫でてからそっと離れた。ついてきたら切ないと思ったが、まるで私の言葉がわかっているかのように、その犬はちょこんと座って私をいつまでも見つめていた。


急いで買い物を済ませて千両屋に戻ると、叔母が近所の大井《おおい》さんと店内で話し込んでいた。お客さんの姿はない。

「泉宮さんのところ、また職人が夜逃げしたって」

「へぇ、何人目？　よっぽどえげつないのかね」

大井さんの話に、叔母が目を丸くしている。

泉宮酒造の酒は秀逸だが職人の修業はとびきり厳しいらしく、弟子入りしてもどんどん辞めていくそうだ。しかも夜逃げばかり。つまり、辞めたいと言いだせない雰囲気なのだと、皆が噂《うわさ》している。

「あそこの杜氏さん、見た目はいいのにいっつも怖ーい顔してるって。仏頂面で、くすりとも笑わへんらしいわ」

「誰に聞かはったん？」

ふたりの話がヒートアップしていく。

泉宮酒造の職人のトップに立ち、かつ経営も担っているという杜氏さんは、たしかに誰に聞いても評判がよくない。酒蔵では常に罵声が飛び交い、お弟子さんたちはびくびくしながら働いているとか、暴力をふるわれて逃げ出すなんていう噂もある。どうやら天涯孤独の彼には止める人が誰もおらず、その行為は日に日にエスカレートしているのだとか。

どこまで本当の話かわからないが、皆が声をそろえて言うのは、とんでもなく冷酷でまったく笑わない人だということ。それくらいの厳しさがないといい酒は造れないのだろうという、勝手な憶測で落ち着いているけれど、他人事《ひとごと》だからそれで済んでいる。

しかし、酒の品質はどの酒蔵にも負けないので契約をお願いしに行く店が絶えないがまともに取り合ってもらえず、「断る」のひと言で追い返されるとか。昔から取引があって続けてもらえている千両屋はラッキーなのだ。

これだけ売れているのだから、酒蔵を大きくすればいいのにと思ったこともあったが、もしかしたらお弟子さんが逃げてばかりで職人が足りないのかもしれないと思っている。

しばらくふたりの会話は続いたものの、お客さんが入ってきて大井さんは帰っていった。

それから五日後。着物姿の背の高い男性がやってきた。

レンタル着物店が多数ある京都では着物姿の人を見かけるのは珍しいことではないが、男性は少ない。しかも、ちょっと着てみたという感じではなく、着こなしている。地元の人だろうか。

「おこしやす」

いつものように声をかけると目が合ったものの、彼はにこりともせず泉宮酒造の酒の前に立った。

「こちら、とても評判がよろしいお酒なんですよ。お土産に購入してくださったお客さんから通販してくれないかと先ほどもお問い合わせがあったばかりでして」

「そうですか。それはありがたい」

ありがたい？

会話が噛《か》み合っていない気がして首を傾《かし》げる。

「店主は？」

どうやらお客さんではなかったようだ。

「失礼しました。呼んでまいります。お名前を頂戴してもよろしいですか？」

「泉宮酒造の泉宮浅葱と言います」

「泉宮さま！」

って、怖いと噂の泉宮酒造の杜氏さん？

「た、ただいますぐに」

私は店の奥に入り、二階に向かって趣味の釣りから帰ってきたばかりの叔父を呼んだ。

「なんだ。疲れているんだぞ」

「あっ、あのっ……」

不機嫌顔で二階から下りてきた叔父は、私の話をまともに聞かず店頭に出ていく。

「い、泉宮さま！」

頭のてっぺんから出したような高い声で泉宮さんの名前を呼んだ叔父は、「こ、こちらへどうぞ」と店の奥にある和室に案内した。ここは休憩室としても使用するが、時々訪ねてくる仕入れ先の人と商談をするのにも使う。

泉宮さんは返事もせず、私を一瞥《いちべつ》してから奥へと足を進めた。

笑わない人というのは本当かもしれない。笑わないどころか眼光鋭く、表情筋はあるのかしら？　と思うほど、眉ひとつピクリとも動かさない。

「小夜子。なにしてる？　お茶をお出ししなさい。それから母さんを」

「は、はい」

突然訪れた泉宮さんに気をとられていた私は、叔父の声で我に返った。

すぐさま二階に上がり寝そべってテレビを見ていた叔母に泉宮さんの訪問を告げたあと、日本茶を淹《い》れて休憩室に戻る。

叔父が真っ青な顔をしているのは、泉宮さんが恐ろしいからだろうか。仕入れ担当の叔父は、何度も顔を合わせているはずだ。

しばらく誰も言葉を発せず、静寂を緊張の糸が縫う。その緊迫した空気を破ったのは泉宮さんだった。

「私がここに来た理由はおわかりですね？」

酷薄な表情で淡々と尋ねる泉宮さんとは対照的に、叔父は思いきり眉根を寄せている。私は話の邪魔にならないようにお茶を出したあと、部屋を出て店で耳をそばだてていた。

「支払いのことですね。も、申し訳ありません。もう少しだけお待ちください」

叔父のそんな声が聞こえてきて、泉宮酒造への支払いが滞っていることを初めて知った。売り上げが落ちていることは肌で感じているものの、経理は叔母が担当しているので、どれだけ傾いているのか細かいことまでは知らないのだ。まさか、支払いができないほどだとは。

「何度同じ言葉を繰り返せば気が済むのですか？　私は最大限譲歩したはずです。先月も先々月も支払い期限の猶予を差し上げました。それにもかかわらず、一部はまだお支払いいただけていません」

期限を延ばしてもらっても、払えないということ？

泉宮さんは抑揚のない声で言うが、怒りがまとわりついているように聞こえる。

「おっしゃる通りで。しかし、店の売り上げがかんばしくなく、もう少しお待ちいただけないかと」

「もう待てません。ここで売っていただかなくても、引く手あまたですから。全商品、今すぐ引き上げさせていただきます」

そんな……。この店は泉宮酒造の酒で持っているようなものなのに。それがなくなったら、店を閉めるしかなくなる。

「そ、それだけはかんにんしてください」

「そればかりだ」

「お願いです。泉宮酒造さんの商品がなくなったら、店を畳むしかなくなります」

ずっと叔父が話していたが、悲痛な叔母の声が聞こえてきた。

「私には関係ない。畳めばいい」

冷たく言い放った泉宮さんに、私まで顔がこわばるのを感じる。正論だが、ひどく冷酷にも聞こえた。

「小夜子が悪い。あの子の愛想が悪くて、客が寄りつきやしない」

叔母が放った言葉に背筋が凍る。

店が傾いたのは、私のせい？

これでも心を込《こ》めて接客してきたつもり。まともなお給料をもらえなくても、育ててもらったのだからと必死に。

「小夜子！」

叔父に呼ばれ、私は重い足を引きずるようにして奥へ向かった。

「泉宮さんに頭を下げなさい。お前のせいで店が繁盛してないんだからな」

強く腕を引かれて無理やり座らされる。そのとき、目がつり上がった泉宮さんに冷たい一瞥を食らった。

「もたもたするな！　早くしなさい！」

叔父に乱暴に頭を押さえつけられて、唇を嚙みしめたまま額を畳にこすりつける。

全力を尽くして働いてきたつもりなのに、こんなことになるなんて。

「この通り、おわび申し上げます。小夜子に言い聞かせてもっと繁盛するように努力しますから、商品を引き上げるのだけはどうか……」

「かんにんしてください」

叔父に続き、叔母も悲愴《ひそう》感漂う声で懇願している。

私は自分が情けなくて顔を上げられなくなった。

「すべてはこの売り子のせいだと？」

「そうです。まったく役に立ちゃしない」

叔父の発言が痛くてたまらない。できることはしてきたつもりだけど、まだ努力が足りなかったの？

私は頭を下げたまま、手を握りしめた。

「そうですか」

泉宮さんの低い声が胸に突き刺さる。

「今日はとりあえず帰りましょう。支払いの工面をできるだけお願いします。後日、またご連絡します」

そんな声が聞こえてきてようやく顔を上げると、泉宮さんと一瞬視線が絡まりドキリとする。

しかし、今すぐにでも商品を引き上げそうな勢いだったのに、トーンダウンしたのはなぜだろう。

「ほんまですか!?　ありがとうございます」

泉宮さんの言葉に食いついた叔父が、あからさまに口元を緩めたあと深く頭を下げた。

泉宮さんを丁寧に見送った叔父が、深いため息をつく。

「はぁー。焦った……」

「ほんまに、急に来るなんてねぇ」

叔母も顔をしかめたあと、私を鋭い目で見つめて続ける。

「小夜子、あんたの働きが悪いんよ。店の売り上げが下がりっぱなしやないの。なんとかしよし」

「すみません……」

なんとかしろと言われても、私にできることはたかが知れている。でも、泉宮酒造の商品がなくなったら確実に千両屋の未来はない。踏ん張らなくては。

「大井さんとこ行ってくるわ。あとよろしく」

「はい」

店の改善策でも練るのかと思いきや、叔母はそのまま出ていき、叔父も二階に上がってしまった。

「どうしよう……」

ひとりで立て直すなんて荷が重い。けれど、やらなければ店はつぶれる。

とにかくできることをと思った私は、店の前で観光客に声をかけ始めた。

それから一週間。

泉宮酒造に支払い計画書を届けに行っていた叔父が、妙に興奮気味に帰ってきた。といっても、落胆のほうではなく口元が緩んでいる。さらに猶予をもらえる目処《めど》でもついたのだろうか。

「小夜子。ちょっと奥に」

「はい」

店番をしていた私は、叔父に呼ばれて休憩室に向かった。

今日はあいにくの雨模様で、人通りも少ない。観光客も足早に通りすぎていくだけで客入りもほとんどなく、朝からせっせと商品の配置換えをしていた。

私を呼んだ叔父は台所にいた叔母も呼び、私はふたりの前に正座する。

売り上げが足りないと叱られる？　そのわりには叔父が上機嫌に見えるけど……。

戦々恐々としながら言葉を待っていると、叔父があからさまに口角を上げた。

「小夜子。お前の嫁入りが決まったぞ」

「え……？」

嫁入りって、なんの話？

「あんた、なに言うてるの？」

私だけでなく叔母も驚愕《きょうがく》している。

「実は泉宮さんが、小夜子を見初めたらしくてなぁ。二十歳になったら嫁にとおっしゃっているんだ」

泉宮さん!?

「ちょっと待ってください。私、結婚なんて……」

考えたこともないし、その相手があの笑いもしないという泉宮さんだなんてありえない。そもそも、先日チラリと顔を合わせただけで、どんな人なのかもよく知らないのに。

「よかったなあ、小夜子。泉宮酒造と言えば一流の会社だ。贅沢《ぜいたく》させてもらえるぞ」

叔父は満面の笑みを浮かべているが、私は戸惑いしかない。あんなに泉宮さんのことについて叔母と一緒に陰口を叩いておいて、よかったなあって……。

「若いうちにもらってもらえるのは幸せだぞ。それに、小夜子が嫁げばずっと泉宮酒造の酒が扱える。一石二鳥や」

千両屋でこれからも泉宮酒造の商品を扱わせてもらう代わりに、嫁入りしろと?

「叔父さん、待ってください。そんな急に言われても困ります。そもそも泉宮さんと会ったのだって、先日が初めてで……」

しかも頭を下げていた記憶しかない。

「電撃的でいいじゃないか」

そんな。

叔父は完全に他人事で、ニヤニヤ笑っている。

「泉宮さんが私との結婚を望まれたんですか？　私、なにが気に入っていただけたのかもわかりません」

あんな短時間で生涯の伴侶を決めるなんてことある？　しかもまともに話してもいないのに。

「まあ……そうだな」

歯切れが悪くなった叔父が、なにかを隠している気がしてならない。

「嫁のなり手がいないから焦ってるんやろ。小夜子。泉宮さんに気に入ってもらえるように、あんじょうしよし」

叔父の代わりに叔母がぴしゃりと言い放ち、ふたりは満足そうな顔で二階に上がっていった。

「嘘……」

結婚なんて早いし、ましてや相手はあの泉宮さんだ。寺内家も居心地がいいとは言い難いが、泉宮さんに嫁いだらもっと状況が悪くなる気がしてならない。

しかも叔母の言い方では、皆から恐れられている彼には嫁のなり手がいないから、取引の継続の代わりに嫁に行けということ？　そんなのあんまりだ。

せめて結婚くらいは、好きな人としたかった。そんなささやかな願いでさえも叶《かな》わないの？　私だって幸せになりたいのに。

私はひどく混乱したまま、唇を強く噛みしめた。


泉宮さんとの結婚が夢なのか現実なのかよくわからないうちに、亜紀さんが帰宅した。彼女は叔母から結婚のことを聞いたようで、風呂上がりの私の前に立ってニヤニヤしている。

「結婚決まったんだって？　もらい手があってよかったねぇ。泉宮さんとならお似合いやわ」

嫌みたっぷりの言葉に歯を食いしばる。

「小夜子がこの家に来て初めて役に立ったわね。これで面倒見なくて済むと思うと清々する」

その言い方に、さすがに堪忍袋の緒がブチッと切れた。

「亜紀さんになにかしてもらったことなんて、一度だってありません。私は幸せになります！」

「はっ、誰に口利いてるの！」

彼女に意見したなんて初めてだ。でも、我慢できなかった。

私をここに置き、学費を出してくれた叔父や叔母はまだしも、彼女は私に嫌みを言うだけ。他人を見下すことで自分の幸福を確認するような人に負けたくない。

すさまじい剣幕《けんまく》でにらまれたが、私はそのまま自室に飛び込んだ。

はったりもはったり。泉宮さんに嫁ぐのが嫌でたまらないくせに、『幸せになります！』なんて大それたことを口にしてしまった。

「どうしよう……」

窓からふと空を見上げると、満月が皓々《こうこう》と光を放っている。それとは裏腹に私の心には暗雲が立ち込めてきた。

もうここにはいられない。

二十歳の誕生日は十一月六日。あと二カ月ほどしかない。それまでに覚悟を決めなければ。といっても、結婚なんて考えたことすらなかったのにたった数分で決まってしまったのだから、まずはそれを受け止めなければならない。私はものじゃないのに。

それにしても、泉宮さんのほうもそんな短絡的に結婚を決めてもいいの？　嫁のなり手がいなくて、この際誰でも構わないということ？

予想だにしなかったことが一気に襲ってきて、なにから考えていいのかわからない。

こんなときに混乱する気持ちを落ち着ける術《すべ》を知らない私は、いつまでも月を見上げて放心していた。

結婚を自分の中でうまく消化できないまま、時間だけがすぎていく。その間も代わり映えのしない日常が繰り返され、千両屋の店頭で笑顔を作る毎日だった。

「おこしやす」

その日の最初のお客さんは、何度か見かけたことがある、おそらく私より少し年上の若い青年。観光客ではなさそうだ。

彼はいつも泉宮酒造のお酒を買いに来る。泉宮酒造の日本酒は、この付近では千両屋しか扱っていないからだろう。若い彼に高級な日本酒はなんとなく似つかわしくなく、家のお使いかなと思っている。

「暁光でよろしいですか？」

いつも暁光を購入してくれるので声をかけると、彼はほんのり笑みを浮かべて首を横に振る。

「今日は龍翔をいただこうかと」

「まあ、ありがとうございます」

暁光のひとつ上の星芒ではなく、最高級の龍翔を手にした彼に驚いた。なにか祝いごとでもあるのかもしれない。

「お包みしますね。のしかなにか必要ですか？」

「いえ、大丈夫です」

彼はふわっと笑った。

木箱に入った龍翔を包装しながら、これを造った酒蔵に嫁に行くのだと思うと、複雑な気持ちになる。

「この酒を買えるのを楽しみにしてたよ」と目尻を下げるリピーターのお客さんが、泉宮酒造の商品を手に取ってくれるのが誇らしかった。それに、品質も信頼していたので、新規のお客さんにも胸を張ってすすめられた。しかし、お酒と杜氏は別。私にとって大切な商品の製造元に嫁ぐというのに、心はまったく弾まない。

「お待たせしました。龍翔でございます」

「ありがとう」

嫁に行ったら、常連さんたちとのこうしたやりとりもなくなるのか……。

ここでの仕事は楽しいことばかりだったとは決して言えないが、お客さんとの交流は名残惜しい。

お見送りするために店の前まで出ていくと、彼は不意に振り向いた。

「大丈夫ですよ。あなたは必ず幸せになれます」

「え……」

思いがけない言葉をかけられ、とっさに返事が出てこない。

「それでは」

「あ、ありがとうございました！」

深々と頭を下げ、彼が角を曲がって見えなくなるまで見送った。

「どういう、意味？」

まさか結婚のことを言っているの？　でも、ただのお客さんが私の結婚を知っているわけないよね？

泉宮さんに嫁ぐことはどうやら決定らしいが、口外しないようにと言われている。特に話す人もいないので問題はない。けれども、その理由がおそらく泉宮酒造に輿入《こしい》れすると知られたら、寺内家までもが『あの暴君と親戚になるなんて』とうしろ指をさされるからなので、腑《ふ》に落ちないのが本音だ。

そんな状況の中、あのお客さんが知っているわけがないのに、なにが言いたかったのだろう。

ただ、不安で押しつぶされそうになっている今の私は、『必ず幸せになれます』という言葉にすがりつきたい気分だった。

十九歳最後の夜は、泉宮さんのところに身の回りの荷物を送ってしまったので、がらんとした部屋で膝を抱えていた。

何度逃げ出そうと考えたことか。でも、どうしてもできなかったのは、つらいことがあったとはいえ寺内家に育ててもらった恩があるからだ。それに、泉宮酒造との取引ができなくなって愛着のある千両屋がなくなるのも寂しい。

明日結婚するというのに、あの日以来彼には会っていない。誕生日の早朝に迎えに行くので荷物はあらかじめ送っておいてほしいという電話が入っただけだ。やはり、嫁入りするなら誰でもよかったのだろう。

こんな結婚って、ある？

好きになった人とささやかな結婚式をして、皆に祝福されて人生の新しい一歩を踏み出すのが夢だったのに。ろくに話したこともない――しかも恐ろしくて嫁のなり手がいないと噂されるような人のところへ嫁ぐなんて、消えてしまいたいくらいだった。

そしていよいよ二十歳の誕生日を迎えた。本来なら大人になる特別な日なのに、気分は重い。

一張羅の濃紺のワンピースを纏い、今まですごしてきた四畳半の部屋を出て居間に行く。そして、叔父や叔母に最後のあいさつを始めた。

「今までお世話になりました」

「小夜子、おめでとう。良家にもらってもらえてよかったなぁ」

叔父は笑みを浮かべているが、打ち合わせもなにもせず嫁がせるのだから、私の結婚になど興味がないのがありありとわかる。普通、娘を嫁に出すなら、相手がどんな人かもっとよく吟味するものだ。

「はい。どうかお元気で」

「一度嫁に出たら、簡単に実家に寄り付いたらあかん。泉宮さんにかわいがってもらい」

叔母はもっともらしいことを口にするが、帰ってくるなと言っているのだろう。昨晩、亜紀さんに『近所の人には東京に嫁いでいったと言うようにくぎを刺されたわ』と鼻で笑われた。よほど泉宮家と親戚関係になったことを隠したいのだ。

「はい」

もうなにを言う気力もなく返事をしてから裏玄関を出ると、紺青色の着物を纏った泉宮さんがすでに待ち構えていた。

「これはこれは。お迎えありがとうございます」

途端に腰が低くなる叔父は、「小夜子をよろしくお願いします」と聞こえのいい発言をして私の背中を押す。

「幸せにします」

泉宮さんがそんなふうに言うのが意外だった。けれど、相変わらず無表情のままだ。

それから待たせてあったタクシーに乗り込み、住み慣れた寺内家をあとにした。

後部座席に並んで座ったものの、話すこともない。余計なことを口にして逆鱗《げきりん》に触れるようなことがあったら……と怖くてたまらないのだ。

「そんなに緊張しなくていい。取って食いやしない」

「は、はい」

と言われても、緊張が解けるはずもない。

「うちの酒のことをいつも丁寧に説明してくれるそうだね。ありがとう」

「えっ……？　はい」

思いがけずお礼を言われて彼のほうに顔を向けたが、やはりにこりともしていない。笑わない人というのは本当のようだ。ただ、暴君だと言われているほど威圧的ではないし、千両屋に返済を促しに来たときのように視線もとがってはいない。

「あれっ……」

「どうした？」

思わず声をあげたのは、タクシーが北の方角に向かっているからだ。

泉宮酒造は、伏見の中でも鴨川寄り。泉宮さんが暮らす家は酒蔵の隣にあると聞いている。寺内の家からだと南西の方角のはずなのに。

「どちらに？」

「これから貴船神社に行く」

「貴船？」

と言うと、鞍馬《くらま》のほうの？

「泉宮家と縁《ゆかり》のある神社なんだ。挙式の準備をしてもらってある」

「挙式……？」

驚愕して、瞠目《どうもく》する。

挙式のことなんて一度も考えたことがなかった。強引に結婚の約束がなされてからなんの接触もなかったし、てっきりお飾りの妻だとばかり思っていたからだ。

もしかして、嫁をもらったと周囲に知らしめるため？

「女は楽しみにするものだと思っていたが、違ったか？」

「違いませんが……」

それじゃあ、私のために？

意思を無視された結婚で、挙式なんてあるはずもないと思い込んでいたのに、まさか私が楽しみにしているはずだから準備しただなんて、驚きを隠せない。

「神前式は嫌だったか？　白無垢を用意させたのだが」

「いえっ。白無垢はあこがれです。でも……」

「あぁ、相手が俺なのが不満なんだな」

「違います！」

いや、違わないか……。

それきり黙り込んだ彼を怒らせてしまったかもしれないと心配したが、まっすぐ前を見据えたまま、やはり無表情だ。なにを考えているのかまるでわからない。

「い、泉宮さん」

「今日から小夜子も泉宮だ。浅葱でいい」

初めて名前を呼ばれ、心臓がドクッと大きな音を立てた。

まったく実感はないがその通り。

「は、はい。……浅葱さん」

「うん。どうした？」

彼は私に視線を向けたものの、表情筋は動かない。

「挙式の準備をしてくださって、ありがとうございます」

どれだけ冷酷な人でも、私のために手配をしてくれたならお礼を言うべきだと思った。すると彼は、一瞬目を大きくして「あぁ」と言ったあと、再び前を向いた。

タクシーを降りて貴船神社の二の鳥居の前に立つ。魂が清められるかのように澄み渡った空気を肺いっぱいに吸い込んで、緊張気味の心を落ち着けようとしたがうまくいかない。

「小夜子。表情が硬いが大丈夫か？」

「……はい」

サラサラの前髪が目にかかったのを手で払った彼は、ガチガチになっている私を安心させようとしたのか、顔を覗《のぞ》き込んでくる。私はそんな気遣いが意外で、目を丸くした。

「足下、気をつけて」

「ありがとう、ございます」

低めの彼の声も、凛《りん》とした空気に共鳴して柔らかく聞こえる。

私はスッと差し出された手におそるおそる手を重ねて、長い石畳の階段を踏みしめるように上り始めた。朱色の灯籠が並ぶそこには、赤や黄色に色づいた紅葉の葉のトンネルができている。木々の葉の間からチラチラと降り注ぐ太陽の光が、私たちを照らした。

階段を上りきると、朝日を浴びて神々しく輝いている本殿が目に飛び込んでくる。

「泉宮さま、お待ちしておりました」

「本日はよろしくお願いします」

恐怖の印象しかない浅葱さんが、腰を低くして首《こうべ》を垂れる様子に驚きながら、私も同じように頭を下げた。

支度室で白無垢を身に纏い、真っ赤な紅を唇にのせてもらうと、緊張で呼吸が浅くなる。

本来、結婚式の日は人生の中でも幸福の頂点に近い日となるはずだが、まだよく知らない――しかも誰しも恐れるような浅葱さんとの門出は不安しかない。

係の人に促されて支度室を出ていくと、紋付き袴姿に着替えた浅葱さんが私を待ち構えていて、彼は一瞬目を大きく見開いた。

その反応はなに？

「小夜子」

彼に名を呼ばれたのは、まだ三度目。どうしたって心臓を突き刺すような緊張が伴いうつむき加減になる。

気に入らないことでもあっただろうか。

「きれいだ」

「えっ……」

身構えていたのに予想外の言葉をかけられて顔を上げると、視線が絡まり鼓動が速まっていく。

冷酷だとさんざん聞かされてきたため浅葱さんのことが怖くてたまらなかったが、なぜかその視線からは温《ぬく》もりのようなものを感じた。

挙式の準備までしてくれるような人なのだから、冷酷非道な人だという噂は間違いなのだろうか。いや、でもまだわからない。怒らせないようにしなくては。

彼は一歩二歩と足を進めて私の前までやってきて、まじまじと顔を見つめてくる。男性にこれほど至近距離で凝視されたら、頬が上気してしまうというのに。

「そろそろお時間となります。こちらへどうぞ」

いよいよ挙式だ。

参進の儀のために神職のうしろ、そして浅葱さんの横に立つと、私たちの後方に巫女《みこ》と参列者が続く。私は参列者がいるのが驚きだったが、どうやら泉宮酒造の職人や浅葱さんの友人らしかった。


厳かな雰囲気の中、挙式は滞りなく終了した。

慣れない着物と極度の緊張、そしてこの結婚への不安で倒れそうだった私とは対照的に、浅葱さんは穏やかな表情で余裕すら感じる。

支度室へと戻る途中で、参列者の数人が近寄ってきた。浅葱さんと同じく背の高い男性と、おそらく私より四、五歳年上の優しそうな女性。そして小さなふたりの子。

全員着物姿だが、家族だろうか。

「りゅうじんさまー」

そのうちの小さな男の子がタタッと小走りで浅葱さんのもとに駆けつける。

ん？　りゅうじんさまって？

「小太郎《こたろう》！　空気読みなさい」

小太郎と呼ばれた男の子とそっくりではあるが、かわいらしい紅梅色の着物を纏った女の子が、ピシャリと叱っている。

双子？

「小太郎、小菊《こぎく》。結婚式なのだから、おしとやかにしなさい」

「はぁい」

ふたりを背の高い男性がたしなめている。

「本日はおめでとうございます」

そして私たちに丁寧に頭を下げてくれた。

「わざわざ来てくれてありがとう。妻の小夜子だ」

妻と紹介されて面映《おもは》ゆいが、その一方でとうとう嫁いでしまったという落胆もある。

「浅葱もようやく一人前だな」

「成清《なりきよ》にそんなことを言われるとは世も末だ」

ふたりは友人のようだ。誰からも恐れられるという浅葱さんがほんのり頬を緩めて気さくに話す姿が意外だった。

この様子を見ていると、彼が冷酷だとは思えない。とはいえ、気を許した友人の前ではにこやかなだけで、他はそうでもない可能性もある。

「天音《あまね》さん、でしたよね。わざわざありがとうございます」

浅葱さんは成清さんの隣にいる女性に頭を下げるので、私も同じようにした。

「おめでとうございます。奥さま、すごくおきれいで……」

妻と紹介はされたが、初めて第三者から『奥さま』と言われて戸惑う。

「ありがとう、ございます」

小声でお礼を言うと、天音さんはにこやかに微笑んだ。

「これ、祝いの紅白まんじゅうだ」

「雲龍庵《うんりゅうあん》に作ってもらえるとはありがたい」

雲龍庵?

聞いたことがあるような、ないような。

「私は上賀茂《かみがも》で甘味処《かんみどころ》の店主をしておりまして」

首を傾げていると、成清さんが教えてくれた。

「泉宮酒造の酒粕《さけかす》を使った酒まんじゅうもあるんですよ」

天音さんが続く。

成清さんや天音さんは浅葱さんのことが怖くはないの？　先ほどから笑顔が絶えない。

「成清は幼き頃からの腐れ縁だ。よく遊び、よく喧嘩をした」

浅葱さんは成清さんのことをそんなふうに紹介した。幼なじみだったのか。

「そうでしたか……。奥さまと、お子さんですね」

天音さんと双子らしき子供たちに視線を移して尋ねると、天音さんが途端に頬を上気させて首を横に振っている。

「ち、違いますよ。私はただの同居人です。このふたりはわけあって預かっている双子です」

「さっさと結婚すればいいのに」

浅葱さんがぼそりと吐き出すと、「そうそう簡単なものじゃないんだ」と成清さんが平然と答える。しかし隣の天音さんは耳まで真っ赤にして目をキョロキョロさせていた。その様子からして、天音さんもまんざらでもないようだけどな。

私はそれからしばらく、浅葱さんと成清さんが話をしているのを隣で聞いていた。

「小夜子さん、顔色が優れないのでは？」

天音さんが私の顔をじっと見つめて、眉をひそめる。

「すみません。緊張して……」

浅葱さんを決して怒らせてはいけないという緊張と、こうして周囲に人がいるときは優しくても、ふたりになったらどうなるかわからないというこの先の不安。それらに襲われて、いくら息をしても肺に酸素が入ってくる気がしない。

「そうですよね。私たちはこれで失礼しますから、気を緩めてください。もしよければ、また会っていただけますか？　私、小夜子さんと仲良くしたいわ」

「それがいい。日を改めよう。小夜子さん。是非雲龍庵にお越しください。和菓子でおもてなしさせていただきます」

「ありがとうございます」

成清さんと天音さんは、双子を促して離れていった。

「小夜子。大丈夫か？」

私の背中に手を置く浅葱さんが、深刻そうな表情で尋ねてくる。

仮面でも被っているかのように頬すらピクリとも動かさなかった彼だが、ここに来てからどうしたことか表情が柔らかく感じる。成清さんたちと話しているときはにこにことまではいかないが、口元は緩んでいた。

「はい。申し訳ありません」

しかし晴れの日に体調を崩すなんて、怒っていないだろうか。びくびくしながら答えたものの、彼の表情に怒りは見えない。

「烈《れつ》」

私の返事を聞いた彼は、誰かを呼んでいる。するとすぐに駆け寄ってきた人に私は目を丸くした。

「あ……」

「小夜子さま。ご無沙汰しております」

烈と呼ばれた青年が、千両屋の常連のお客さんだったからだ。龍翔を買ってくれて『あなたは必ず幸せになれます』と言い残して去った、あの。

「どうして……」

「話はあとだ。小夜子の体調がすぐれないようだ。着替えを済ませたらすぐに帰宅するから、タクシーを手配してくれ」

浅葱さんはてきぱきと指示を下す。

烈さんは、酒蔵の職人なのだろうか。それならどうして千両屋で泉宮酒造の商品を買う必要があったの？

「かしこまりました。先ほど龍翔を奉納してまいりました」

「あぁ、ありがとう。小夜子、行こう」

浅葱さんは烈さんと別れて、私を支度室へと連れていってくれた。

帰りのタクシーの中で、彼は終始私の心配をしていた。緊張が緩み、着替えたおかげで呼吸もしやすくなったので、挙式中ほどの苦しさはないというのに。

ちっとも冷酷じゃない……。

それが今のところの印象だ。とはいえ、千両屋を訪れたときの顔も知っているので混乱している。

初めて訪れた浅葱さんの自宅は、黒っぽい木造建築と白壁の組み合わせで趣のある泉宮酒造の建物に隣接している。自宅も同じように歴史を感じ、立派な庭まであった。

タクシーから降りた瞬間、浅葱さんが私を抱き上げるので目が真ん丸になる。

「浅葱さん、歩けます！」

歩けないほど体調が悪いと思われているようだ。

「いいから。烈、布団を敷いてくれ」

彼は先に帰宅して私たちを出迎えてくれた烈さんに指示を出し、広い玄関を入って奥へと進んだ。その間、私は恥ずかしさと言い知れぬ胸の高鳴りに支配され、ただただ固まるだけ。まさか、こんなことをされるとは。

浅葱さんは烈さんが準備した布団に私を下ろすと、眉をひそめて私の顔を覗き込む。

「無理をさせたか？　すまない」

「い、いえっ」

私のために挙式まで手配してくれた人に謝られるのはおかしい。

それにしても……。気遣いばかりの彼に驚き通しだ。やはりあの噂はきっと間違いに違いない。

酒蔵の職人に暴言を吐き散らして手を上げ、夜逃げが続出するという杜氏にはどうしても見えないのだ。もしかしたら仕事には厳しいのかもしれないが、ただ気分に任せて叱るような人には思えなかった。だって、彼はこんなに優しい声をかけてくれる。

そう考えていると、怖くて怖くて張り詰めていた気持ちが緩んだからか、ホッとして目尻から涙がこぼれてしまった。

「小夜子？」

柔らかな声で私の名を口にした彼は、涙に気づき指でそれをすくう。

「ごめんなさい。これは……違うんです」

今の感情をうまく説明できず、そんな言い方しかできない。とにかく、彼のせいで泣いているわけではないと伝えたかった。

「輿入れの日に泣かせるなんて、俺は最低だな」

意外すぎる発言に、とっさになにを言っていいのかわからなかった。

ずっと聞かされていたような性格の持ち主であれば、こんな言葉が出てくるはずもない。私は噂を鵜呑《うの》みにして、なんてひどい勘違いをしていたのだろう。最低なのは私のほうだ。

「違うんです。浅葱さんが優しいから……」

胸の内を明かすと、彼はハッとした表情を見せる。

よかった。彼はこんなにもいろいろな顔を持っている。ちっとも怖くはない。そう思ったら、ますます安堵《あんど》の涙が止まらなくなる。

「小夜子。泣かないでくれ。お前に泣かれると、どうしていいかわからない」

今、なんて言ったの?

なににも動じないような冷静さを持ち合わせているとばかり思っていた彼が、オロオロしているのが不思議すぎる。しかも私のためなのだから、なおさらだ。

「ごめんなさい。本当に、なんでもないんです」

私は頬の涙を拭い口角を上げたが、少々不自然だったかもしれない。

「無理してないか?」

「浅葱さま」

そのとき、障子の向こうから烈さんの声がした。

「入れ」

浅葱さんが促すと烈さんが入ってきたので、私は上半身を起こす。

「お水をお持ちしました。酒蔵の敷地に湧く、浅葱さまが管理されている水です」

「浅葱さんが？」

それが杜氏の仕事のひとつなの？

「はい。この水のおかげで泉宮酒造の酒は質を保つことができます。小夜子さま。浅葱さまは少々不器用なお方ですが、とてもお優しいですよ。ご心配なく」

烈さんに心の中を読まれたかのようなことを言われ、驚いた。

「不器用とはなんだ。気に食わん」

浅葱さんは文句を口にしているが、怒っているというわけでもなさそうだ。しかも照れているのか耳が真っ赤になっている。

いろいろな噂話から瞬間湯沸かし器のような人だとばかり思っていたが、そんな面影はどこにもない。

「ははは。本当のことじゃありませんか」

「烈、その話はもういい」

浅葱さんは私から顔を背けて烈さんの話を止めた。

「あのっ、烈さんは千両屋に来てくださっていましたよね。泉宮酒造のお酒を何度も買ってくださって……」

「そうですね。浅葱さまの命で、小夜子さまの様子をうかがわせていただいておりました。客を装うのになにを買ってもよかったのですが、小夜子さまが熱く弊社の商品の魅力を語ってくださるのがうれしくてたまらず、つい酒ばかりを」

まさか、製造者に素晴らしさを力説していたとは。恥ずかしくて穴があったら入りたい気分だ。でも、私の様子をうかがっていたというのはどういうこと？

「烈、話がすぎるぞ。小夜子は疲れている。少し休ませたい」

「申し訳ありません。それでは失礼します」

「あぁ」

烈さんは丁寧に頭を下げて出ていった。

「水を飲めるか？」

「はい。ありがとうございます」

彼からコップを受けとり口に含む。

「あれっ、全然違う……」

いつも飲んでいる水とは違う。まろやかで雑味がないとでも言うのか。

「日本酒の八割は水でできている。そのため水の良《よ》し悪《あ》しが出来を左右するんだ。泉宮酒造で使うのはこの水だけ。ミネラルを程よく含みながらも、味わいを損ねる鉄分やマンガンがほとんど含まれないのが特徴だ」

日本酒造りに上質な水が必要なことはにわか知識としてはあったが、水だけでこれほど喉越しが違うとは思わなかった。

「昼食になにか食べられそうなら用意させるが」

「いえ、私は大丈夫です。浅葱さん、食べてください」

浅葱さんと烈さんとの緩い会話を聞いていたら、リラックスして話せるようになった。

「それではそうする。慣れないだろうが、この家には俺と烈しかいないから遠慮はいらない。用があればいつでも呼んでくれ。もう小夜子は泉宮の家に入ったのだからね」

浅葱さんは温かい言葉を残して部屋を出ていった。

「やっぱり優しい」

心の中から、恐怖が次第に薄れていく。

落ち着きを取り戻した私は、十二畳の和室の片隅に置かれている桐簞笥《きりだんす》に目がいった。

「まさか……」

新しく見えるけど、私のために準備したわけじゃないよね。

布団を抜け出し、引き出しを開けてみると……。

「嘘……」

真新しい着物が数枚と、就寝用の浴衣が入っていた。

浅葱さんと烈さんしかいないのだから、女性ものの着物となれば私のために準備されたものに違いない。この新しさから言っても、お母さまの形見というわけでもなさそうだ。

これが、暴君のすること？

今朝からすさまじい勢いで浅葱さんの印象が書き換えられていく。

烈さんが『とてもお優しい』と言っていたが、噂ではなくこちらが事実のような気がする。彼は千両屋で龍翔を求めてくれたとき、『必ず幸せになれます』と口にしていたが、浅葱さんの本当の姿を知っているからこそ言えたことなのかも。

神社で盃を交わしたときに見た浅葱さんの優しい微笑みを思い浮かべる。

「大丈夫だよね……」

きっと、大丈夫。うまくやっていける。

そう気持ちの整理をしている間に、緊張で疲れ切っていた私は、うとうととしてしまった。

「小夜子」

誰かが私を呼んでいる気がしてまぶたを持ち上げると、浅葱さんの顔が目の前にあって大げさなほどにのけぞり返った。

そういえば、泉宮家に来たんだった。

「起こしてすまない。風邪をひくぞ」

どうやら布団ではなく座卓に突っ伏したまま眠っていたようだ。肩から羽織がかけられている。

「ご、ごめんなさい。私、寝てしまって……」

嫁に来て早々、なんの手伝いもせず居眠りなんていきなり失敗してしまった。

「なにを謝っているんだ？　疲れているのだから眠ればいい」

「……はい」

そんなことを叔父や叔母から言われたことがなかったので拍子抜け。寺内家にいた頃は昼寝でもしようものなら、ものすごい剣幕で叱られるのがおちだった。

「このまま眠ってもいいし、烈が結婚の記念にと張り切って夕飯を作ってくれたから食べてからでもいいし」

「もちろん、いただきます」

私たちのために作ってくれたものを食べずに眠れるわけがない。

「そうか。こちらに」

彼がほんのり微笑むので、張り詰めていた心がどんどん緩んでいく。

案内されたのは、先ほどの部屋より玄関に近い居間。かなり広く、立派な柱が見える。

「すごい……」

思わずその柱に触れると、浅葱さんが話し始めた。

「ケヤキの大黒柱は、今は珍しいかもしれないな。大黒柱自体、なくなっているようだから」

歴史を感じるその柱は、ずっと浅葱さんのことを見守ってきたのだろうか。この柱にどんな人か聞ければいいのに。

もっとすごかったのは、その部屋に豪華な食事が並べられていたことだ。

伊勢海老《いせえび》を始めとした豪華なお造り。サシの入った牛肉の和風ステーキに、蛤《はまぐり》のお吸い物。そして茶碗蒸《ちゃわんむ》し。他には小鉢に昆布の佃煮《つくだに》や野菜の炊き合わせ。そしてきゅうりの粕漬《かすづけ》。あとはお赤飯。

料亭を思わせるような料理の数々に目がくぎ付けになった。

「嫌いなものがあれば言ってくださいね」

「とんでもない！」

これ、烈さんが全部作ったの？　こんなに料理上手なんだ。

お茶を運んできた烈さんを見て、唖然《あぜん》とする。

「プロですね……」

「烈は器用でね。いただこうか」

器用というより、料理人のレベルだと思う。

烈さんは出ていってしまったので浅葱さんとふたりだけで食事を始めたが、なんとなく落ち着かない。けれど、料理があまりにおいしくて、すぐに夢中になった。

「この粕漬は泉宮酒造の酒粕を使ったものでしょうか」

「そう。酒粕はいくらでもあるからね」

「この伊勢海老、ぷりぷりですね」

「うん、うまいな」

気がつけば、あれほど恐れていた浅葱さんと会話が弾んでいる。

お腹《なか》がはちきれそうになるまで堪能した私は、箸を置き、先に食べ終わっていた浅葱さんに頭を下げた。

「本来なら最初に言うべきでした。ふつつか者ですがどうぞよろしくお願いします」

思いがけず挙式をしてもらい、緊張で体調を崩すという不測の事態はあったが、最初に言わなければならない言葉だった。大失態だ。

「ははは。小夜子は真面目なんだな。こちらこそ、どうぞよろしく」

あれっ……。浅葱さんが声をあげて笑った。笑わないはずの人が、笑った！

彼が破顔する様子に驚いて、あんぐりと口を開ける。

「小夜子。どうかしたか？」

「なんでもありません。すみません」

「風呂の準備がしてあるはずだ。部屋に浴衣を用意してあるからそれを使うといい」

やはりあの着物は私のためのものだ。

「箪笥のお着物は、わざわざ用意してくださったんですか？」

「花嫁を迎えるのだから、それくらいは当然だろう。足りないものは買い足せばいい」

まさか、こんなに大切にしてもらえるとは。

嫁のなり手がいないから私に白羽の矢が立ったと何度も言われたが、こんな人ならいくらでも嫁に来たいという女性はいそうなのに。どうして、支払いの催促の際に顔を合わせただけの私だったのだろう。

「ありがとうございます」

感謝で胸を膨らませた私は、もう一度頭を下げてから部屋に向かった。

広いお風呂で体の疲れを癒《いや》して、白地に牡丹《ぼたん》の模様の入った寝間着用の浴衣を身に纏う。寺内家にいた頃は、Tシャツとズボンというようなラフな恰好《かっこう》ばかりしていたが、有名な杜氏の妻ともなれば、身なりもきちんとしておいたほうがいいのかもしれない。

一旦は部屋に戻ったが、喉の渇きを覚えてあのお水をもらいに行こうと立ち上がったとき、浅葱さんが日本酒とお水を持ってやってきた。

彼もまた風呂上がりだからか、少しはだけた浴衣の襟元から覗く肌がほんのり赤らんでいて妙な色気を放っている。

目のやり場に困った私は、畳に視線を落とした。

「小夜子。貴船神社で契りの酒を交わしたが、もう一度交わさないか？」

「……はい」

私はお盆を受け取り座卓に置いたあと正座をする。彼は隣に腰を下ろした。

これほど近い距離でも怖くはないのは、彼の笑顔を何度も見たせいだ。

「これは泉宮酒造の酒の中では最上級の純米大吟醸だ。鑑評会用に数本しか造らないのだが、妻を迎えたときに一緒に飲みたいと思っていた」

そんな貴重なお酒を、よく味もわからない私が飲んでもいいの？

今日が二十歳の誕生日なのだから、今までは口にしたことがないのだ。

「私、挙式のときにお酒を口にしたのが初めてで……」

「わかっているよ。だからこそ、うまい味を覚えてほしい。純米大吟醸は冷酒《れいしゅ》でもいいし燗《かん》でもいいが、俺は冷やが好きでね」

「冷やって、冷酒のことではないんですか？」

彼の言い方では別のもののようだけど……。

「あぁ、常温のことだ。日本酒は温度によって味や香りを変える不思議なアルコールだ。その酒そのものの味や香りを楽しみたいときは、常温が一番いい。これはそれだけの自信があるんだよ」

彼は頬を緩めて七百二十ミリリットルの瓶の蓋を開けた。そして、シンプルで小さなグラスに注ぐ。

「あっ、私が……」

彼が自分の分も注ごうとしているので、慌てて手を伸ばした。

「妻に酌をしてもらえるのは、気分がいいものだな」

「……はい」

こんなことで気分がいいの？

恋愛すらまともにしたことがない私にはよくわからない。

「それでは、夫婦になった契りの酒だ。乾杯」

「乾杯」

合わせたグラスが高い音を奏でる。

上品なたしなみ方など知らないが、彼が言う極上の一本をできる限り楽しみたいと香りをかいでみる。

「ほんのり甘い匂いがします」

「あぁ。俺の好きな香りだ。思惑通り仕上がった」

彼も同じように香りを楽しみ、満足げな顔をしている。その満たされたような表情を見て、私まで穏やかな気持ちになれた。今朝は胸が押しつぶされそうなほど恐怖におびえていたというのに。

貴重なお酒だと緊張しつつも口に運ぶ。

口の中にピリッと辛《から》いような、それでいてお米を噛みしめたときのような甘さもあり濃厚だ。そして、鼻から甘い香りが抜けていく。

これが、有名酒造の杜氏が推す最高級の日本酒の味――。

「あぁ、おいしい」

もっといろんな言葉で表現すべきだとも思ったが、語彙力が足りない。いや、言葉では表せない。

「気に入ってもらえてよかった」

浅葱さんもお酒を口に含み安堵の表情を見せた。

彼の声色が優しくて、警戒心がみるみるうちに薄れ体から余計な力が抜けていく。

ふと顔を横に向けると、熱を孕《はら》んだ彼の視線につかまり解けなくなった。

「小夜子」

切なげな声で私の名を呼んだ彼は、そのまま顔を近づけてくる。鼻と鼻が触れたと思ったら、甘い唇が重なった。

「ん……」

初めての口づけは、日本酒の味がした。

彼はすぐに離れていったが、恥ずかしさのあまり顔を伏せたまま動けない。心臓が口から飛び出てきそうなほど暴れだし、激しさを増す鼓動が彼に聞こえてしまわないか心配になるほどだった。

「これは大切な契りの口づけだ」

「……はい」

夫婦となったのだから当然だろう。けれど……。

「あれっ？」

浅葱さんとは別の視線を感じて部屋の隅に顔を向けると、真っ白な毛に琥珀色《こはくいろ》の美しい瞳を持つ子犬がちょこんと座っているので目を瞠《みは》る。

「どこから入ってきたの？」

今までいなかったはずだ。

「その子犬は、小夜子に生涯仕えるだろう」

「生涯？　仕える？」

浅葱さんがなにを言っているのかまったくわからない。

「そうだ。小夜子を守り、幸福を招く。もちろん、俺もそうするつもりだが」

話が読めず、どんな質問をすべきなのかも判断がつかない。

「烈」

私が黙っていると、浅葱さんがなぜか大きな声で烈さんを呼ぶ。するとパタパタと軽快な足音がしたと思ったら、障子が開いて別の犬が入ってきたので首を傾げた。しかもその犬に見覚えがある。

「あっ……また会えた！」

事故のとき助けた犬だ。この赤茶色の美しい毛並みと、クリクリした丸い目は間違いない。私はうれしさのあまり立ち上がってその犬のところまで行き、抱きしめた。

「こんなところに入ってきて、どうしたの？　ご主人さまのところに帰らなかったの？」

何度も体を撫でながら尋ねる。

「小夜子。夫の前で別の男と堂々と浮気か？」

「浮気？」

この犬がオスだということ？

わけがわからず一旦犬から手を放して浅葱さんのほうを見つめると、背後から「浅葱さま。嫉妬ですか？」と烈さんの声がした。

烈さんも来たと思い、再び犬のほうに向きなおったところ、目の前に烈さんがいて驚きのあまり息が止まった。

「あれっ、犬は？」

犬の姿が忽然と消えているので烈さんに尋ねると、彼はその場に正座する。

「私です」

「ん？」

「小夜子さま。いつぞやは私を助けてくださりありがとうございました。あのまま放置されていたら、命を落としたやもしれません」

彼はそう口にしたあと深く頭を下げるが、なんのこと？

「いつぞやとは……？」

「烈が子供を助けようとして車にはねられたとき、病院に連れていってくれたそうだな。しかも、有り金すべて差し出して。あのあと、叱られたのではないのか？」

私の隣まで来て腰を下ろした浅葱さんが、心当たりのあることを言いだした。

「どうして、それを……えぇぇっ！」

首をひねっていると、烈さんがあっという間に犬の姿に変化したので、完全に腰が抜けてしまった。

「あ、あ……」

なにか言いたいのに、言葉が出てこない。

「小夜子。大丈夫か？」

浅葱さんが私の肩を支えてくれたものの、大丈夫なわけがない。

「い、犬……。な、なに？　烈さんはどこ？」

平静さなどどこかに吹き飛んだ私は、大声で叫ぶ。

ダメだ。体がガクガク震えてきて自分では制御できない。人間が犬に変化するなんて、聞いたことがないもの。いや、そんなことがあるはずがない。

「烈は目の前にいる」

浅葱さんが耳元で囁《ささや》く。すると、犬が再び烈さんの姿に戻った。

「嘘……」

「驚かせて申し訳ございません」

烈さんは神妙な面持ちだが、私はあんぐり口を開けるだけ。

「私は犬神。浅葱さまにお仕えしております。犬神は代々その家にお世話になる代わりに、主人を守り繁栄をもたらすことを生業《なりわい》としています」

「い、犬っ、犬神？」

人ではないということ？

「あの子犬は、泉宮家の一員となられました小夜子さまに仕えるために生まれてきました。今後、小夜子さまをお守りしますので、かわいがっていただければと……」

かわいがってって……。

そりゃあかわいいよ？　琥珀色の目がクリクリだし、まだ子供だからか丸々としていてぬいぐるみみたいだもの。でも！　犬神がどうとかと説明されても、『わかりました』と呑み込めるわけがないでしょう？

「なに言ってるんですか？　冗談もほどほどにしてください」

目の前で烈さんの変化を見たとはいえ、なにやら仕掛けがあって脅かされただけだ。そうでなければ、人間が犬になるとか――いや、逆なのかもしれないけれど、説明がつかないでしょ？

「冗談だと思いたい気持ちはよくわかるが、これは現実だ」

浅葱さんに断言されて、息を吸うのも忘れそうになる。

ちょっと待って……。

そのとき私は貴船神社で聞いたあの言葉を思い出し、肌が粟立《あわだ》つのを感じた。

「りゅうじんさまって……」

たしか成清さんたちと一緒にいた小太郎くんが、浅葱さんのことをそう呼んだような。

「いかにも俺は〝龍〟だ」

なに、それ……。

「龍？　なんなの？　私をどうするつもり⁉」

私は即座に彼らから離れ、手当たり次第近くにあるものを投げつける。

「小夜子、落ち着け」

「嫌っ！　嫌よ。死にたくない！」

気がつけば私は部屋から走り出ていた。ピカピカに磨かれた廊下を駆け抜け、そのまま玄関へと一目散。

「小夜子」

浅葱さんの声が聞こえたものの、振り向くこともなく泉宮家を飛び出した。

「ありえない……。ありえない！」

浅葱さんが龍神で、烈さんが犬神？　私はそんなわけもわからない人のところに嫁入りしたの？

絶対に冗談だと思う反面、目の前で見た烈さんの変化が頭にこびりついていて離れず、混乱している。

烈さんが犬に姿を変えられるなら、浅葱さんは龍？　龍なんて想像上の生き物でしょう？

浴衣にパンプスというとんでもない姿で、暗い街をずんずん進む。

嫁のなり手がないのは、冷酷だからではなく龍だから？　こんなことなら、にこりともしない旦那さまのほうがましだった。

泉宮酒造のあたりは細い路地が入り組んでいる。その路地を興奮気味に歩いていたら、鴨川が目の前に広がってハッとした。

「あれ、ここどこ？」

千両屋のあった伏見稲荷の周辺は裏路地までくわしいが、伏見でももっと南西のこのあたりは大通りしか知らない。周辺が暗いこともあり、自分がどこまで来たのかわからなくなってしまった。

でも……。もう私には帰る場所がない。

龍神だの犬神だのという泉宮家には恐ろしくて戻れないし、東京に嫁いだことにされている寺内の家も然《しか》り。泉宮家から逃げ出したとあらば、千両屋との取引がどうなるかもわからず、帰ったとて歓迎されるわけがない。いや、絶対に追い返される。

「どうして……」

父が亡くなってから、これでも必死に踏ん張ってきたつもりだ。叱られてばかりで心が折れそうになっても、まだできると自分を奮い立たせてここまで来た。浅葱さんと結婚となったときも頭が真っ白にはなったけれど、自分なりによき妻として彼と添い遂げようと決意していた。それなのに……。幸せというものがどんどん遠ざかっていく。

「もう、頑張れないよ……」

真っ暗な鴨川に視線を送りながら、弱音を吐いてしまった。泣き言なんて言いたくなかったのに。

鴨川の水面《みなも》を撫でてきた冷たい風が体に突き刺さる。さすがに浴衣一枚では、震えが止まらない。私は近くにあった大きな木の根元に腰を下ろして、風をよけようとした。けれども、体が小刻みに揺れるのを抑えられない。

これは、寒さから来る震えなのか、絶望なのか……。きっとどちらもだ。

どうしたらいい？

浅葱さんや烈さんが言っていることが本当なら、私は人ならざるものに嫁ぐというとんでもない選択をした。いまだ半信半疑で夢なのでは？　と思うほどだが、身を切るような金風《きんぷう》が、夢ではないと教えてくれる。

もうなにもかも投げ出したい。

それからしばらく放心したまま幹に体を預けていると、クゥンという犬の鳴き声が聞こえた気がした。そちらの方向に目をやると、なんとあの部屋でちょこんと座っていた真っ白な犬が近づいてくる。そして、木の陰から姿を現したのは浅葱さんだ。

「嫌……」

どうして捜したりするの？　放っておいて！

私はすぐに立ち上がり、彼らに背を向けて走りだした。

「小夜子」

しかし、あっという間に私に追いつき足にまとわりついた子犬に気をとられている うちに、うしろから浅葱さんにフワッと抱き寄せられてしまった。必死にもがいて抵 抗したが、手の力は緩まない。

「離して！」

「こんなに体を冷やして……。お前が飛び出す気持ちはわかる。でも、ここにいたら 死んでしまうぞ」

「もういいの。それでもいい」

そんなことが言いたかったわけじゃない。けれど、拒否の気持ちが強すぎて他に伝 えるべき言葉が出てこない。

「いいわけがない」

浅葱さんは悲しげな声を吐き出したあと、ヒョイッと私を肩に担ぎ上げる。すさま じい力だった。

「下ろして！　私に関わらないで！」

私が暴れるのも意に介さず足を進める彼に、容赦なく言葉をぶつける。

「なんと言われても離さない。小夜子。もうお前をひとりにはしない」

え……。ひとりにしないって……。

予想外の発言に、目頭が熱くなるのを感じる。

父を亡くして寺内家に引き取られても、いつもひとりだった。誰も私の味方はおらず、どれだけ働いても認めてもらえなかった。まだ頑張りが足りないからだと自分に言い聞かせて踏ん張ってはきたけれど、本当は心が折れそうだった。誰にも愚痴すら吐けず、自分の中で苦しい気持ちを処理しなければならなかったからだ。孤独、だった。

まるでそれをわかっているかのようなことを告げられて、胸にこみ上げてくるものがある。

それきり私は抵抗するのをやめ、ただ黙って浅葱さんに担がれていた。

私たちのうしろからあの白い犬がちょこちょことついてくる。首輪もリードもつけていないのに、どこかに行ってしまう気配はまったくない。浅葱さんが『その子犬は、小夜子に生涯仕えるだろう』と言っていたが、本当なのだろうか。盲導犬や聴導犬の存在は耳にするけれど、主人を守り繁栄をもたらすなんて聞いたことがない。しかし、もしかしたらこの子犬は私を必死に捜してくれたのかもしれない。

理解できないことだらけだが、彼らが口にしている言葉が嘘ばかりではないと感じる。ただ、まったく呑み込めてはいないけど。

浅葱さんは見覚えのない道を迷うことなく進む。そして十五分ほど歩くと、泉宮家が見えてきた。飛び出したときはもっと長く歩いたので、遠回りして川辺にたどり着いたようだった。

米俵のように運ばれたあと、玄関の上がり框《がまち》に座らせられて強い視線を向けられた。

「俺たちがあやかしであることをすぐに理解しろなんて言わない。ただ、俺は小夜子の夫だ。お前が望めばそばにいる」

私が望めば？　それじゃあ、望まなかったら？

そんなことを考えていると、浅葱さんの足下にあの子犬が座った。そして、吠《ほ》えることもなくつぶらな瞳で私をまっすぐに見つめる。

「俺は、お前をひとりにしたくない。それだけはわかってほしい」

再び浅葱さんに視線を移すと、少し困ったような表情を浮かべている。

最初は、表情筋はどこ？　と思うような仮面を被ったかのような人だったが、笑ったり困ったり、いろんな顔を持っている。どう見ても人間にしか見えない彼が、龍神なの？

烈さんのように犬ならまだしも、目の前で龍の姿に変化されたら気絶する自信がある。けれど、彼が紡ぎ出す言葉は優しい。

そのうち烈さんが玄関に駆け出てきて、私に羽織をかけてくれた。

「ご無事でよかった……」

彼は、ふぅーと深いため息とともにそう言った。

彼らのことが怖くて逃げた私を心配してくれたの？　私はふたりを拒否したのよ？

「部屋は暖めてあるか？」

「はい」

「小夜子が震えている。熱燗も用意してくれ」

本当だ。私、まだ震えてる……。

そんなことも気づかないほど、頭の中がいっぱいで混乱していた。

烈さんに指示を出した浅葱さんは、動けないでいる私のパンプスを脱がそうとするので慌てる。

「自分で……」

そんなことをさせられない。足に手を伸ばすと、彼の指に触れてしまい心臓が跳ねる。

「こんなに冷たい。感覚がないのではないか？」

手を引こうとしたのに強く握られて離してもらえない。それどころか、冷えた手を温めるためか両手で包まれてしまった。

「頼む。今は言う通りにしてくれ」

そんなお願いをされるとは思ってもおらず、驚いて彼を見つめ返す。すると浅葱さんはようやく私の手を放してパンプスを脱がせたあと、今度は挙式のあと帰宅したときのように横向きに抱き上げて部屋まで連れていってくれる。冷たい川風のせいで、たしかに指先の感覚が麻痺《まひ》している上にガクガク震えていた私は、抵抗することなく従った。

部屋には石油ストーブがつけられていた。彼はその前に私を下ろし、自分が着ていた羽織を脱いでさらにかけてくれる。

「失礼します」

烈さんが入ってきて、温めたお酒を私の前に置いた。

「上燗《じようかん》にしておきました」

上燗って、たしか温め方の種類だったような気がするが、どんな温め方なのかまではわからない。

「あぁ。ありがとう。なにかあったら呼ぶから」

「かしこまりました」

烈さんは眉をひそめて私を見つめたあと、出ていった。

「熱燗よりぬるめだ。このほうがすぐに飲める」

なるほど。瞬時にそんな配慮までしてくれたのか。

「日本酒は体を温める。少しでいいから飲んでくれ」

勝手に飛び出したのは私なのに、懇願ばかりだ。

「いただきます」

まだ彼らのことを受け入れられたわけではないが、親切心を無駄にしたくはなくて素直にお酒を口に運んだ。

先ほど飲んだ冷やよりも辛く感じる。けれど、喉を通って胃に落ちていく温かい感覚が心地いい。

「苦手ではないか？」

「はい」

今日、初めて日本酒を口にしたばかりだから気遣ってくれているんだ。

こんなふうに心配される経験が最近ではあまりなかったので、胸の奥がムズムズする。

ううん。彼は龍神なのよ？　ほだされてはダメ。

自分の気持ちがぐわんぐわんと激しく揺れ動き、考えるのを放棄したくなる。

「震えが止まらない。今日は風が強かったから、芯まで冷えてしまったな」

私はあなたと一緒にいるのが嫌で飛び出したのよ？　どうして優しいことを言うの？　怒ったっていいのに。

『お前をひとりにしたくない』という彼の言葉がふと脳裏をかすめ、なぜだか泣きそうになる。

「どうした？　つらいか？」

顔をしかめたからか、大げさなほどに心配された。

「大丈夫です」

まともに浅葱さんの顔を見ることができない。

彼が龍神なんかでなければ、予想に大きく反して優しい旦那さまのもとに嫁げた幸せを嚙みしめているはずなのに。

「疲れただろう」

そう囁いた彼は、片付けてあった布団を引っ張り出して敷いてくれた。

まさか、こんな雑用のようなことまでしてくれるとは。私は彼のことを、泉宮酒造の絶対的な存在として君臨し、職人に厳しくあたり指示を出すだけの人だと勝手に想像していた。烈さんが身の回りの世話をしているようだし、そうしたことも彼を呼んでさせるのかと。

きれいに布団を整える彼は、意外と几帳面《きちょうめん》なのかもしれない。乱暴で傍若無人な行動を思い浮かべていたので、なにもかもが想定外で驚いている。

「今はなにも考えずにゆっくり休め。もちろん、俺や烈が小夜子になにかするようなことはない。そんなことをしたら、あいつが黙ってはいない」

「あ……」

浅葱さんの視線の先には、物音ひとつ立てずにちょこんと座っている子犬の姿があった。鳴かないどころか微動だにせず私を見つめている子犬に驚きを隠せない。

やはり、普通の犬ではないわ……。

けれど、私になにかあったら黙ってはいないって……。たとえその相手が浅葱さんでもということ？　私に仕えるとは聞いたが、浅葱さんに仕えた上で私の世話をしてくれるという話ではないの？

「浅葱さんの犬神じゃないんですか？」

「俺には烈がいる。あの子犬の主《あるじ》は小夜子だ」

主だなんて……。

「お前が呼べばすぐに駆けつけるだろう。今日は心配しているようだ」

私の心配をしているの？　犬が？

「こっちにおいで」

子犬に向かって声をかけると、腰を上げてうれしそうに尻尾をブンブン振って近づいてきた。

「ごめんね。寒かったよね」

私は子犬を抱きしめた。

ひんやりとしている毛をそっと撫でてやれば、クゥンと小さく鼻を鳴らす。

犬神というよくわからない存在であっても、私のために寒空の中を駆け回ってくれたのだから感謝は示すべきだ。

「ごめんね。本当にごめん。私のために無理しないで」

「無理ではない。そうしたいからしているだけだ」

子犬の代わりに浅葱さんが答えてくれた。

「そうしたいから？」

「あぁ。実直に生きている者のためにはなにかしたいと思うものだ」

「えっ……」

「こいつは大丈夫。それより今は小夜子だ。とにかく体を休めてくれ。小夜子には俺がついてる。お前も休め」

浅葱さんが子犬に声をかけると、子犬は器用に障子を開けて出ていった。

完全に言葉を理解している……。

「小夜子」

私の名を呼ぶ浅葱さんは、腕を引いて布団へと誘導した。そして、掛け布団をかけると、私の目にかかった髪を優しい手つきでよけてくれた。

「まだ震えているな」

その手を滑らせるように頬に持っていき、包み込むように触れる。

「俺が怖いか？」

ストレートな質問に、どう答えたら正解なのかわからない。

彼が龍神だと思えばもちろん怖い。それこそ、もう一度逃げ出したいくらいに。でも、彼の言動は限りなく優しくて、彼が人間ならば身構えていたような恐怖の念は一切ない。

答えられない私は、ただ視線をそらした。

「そうだよな。わかっている」

落胆するような彼の声が切ない。しかし、どうしても怖くないなんて言えない。

「とにかく体力を回復することだけ考えて、ゆっくり眠ってほしい。絶対に小夜子が嫌がることはしない。それだけは約束する」

語気を強める彼の言葉は嘘ではない気がした。そもそも危害を加えるならば、もうとっくにされているし、寒空の中捜しになんて来ない。いや、嫁として迎える必要もない。

龍神である彼のところに嫁が来ないから私に白羽の矢が立ったのかもしれないけれど、おそらく取って食うつもりはないだろう。私のために挙式までしてくれたのだから。

「……はい」

私はうなずき、目を閉じた。


翌朝、目覚めると柱にかけてある年季の入った時計が、九時を指していたので飛び起きた。

「仕事……」

寝坊なんてして叔母さんに叱られる！　と焦ったが、ここは泉宮家だったと気がつき力が抜ける。それにしても寝すぎだ。

部屋の片隅に置かれてある寺内家から送った荷物の中から洋服を引っ張り出して慌てて着替えたものの、そのあとはどうしていいかわからない。

「どこに行けばいいの？」

窓から晴れ渡る空を見上げて、声を漏らす。

浅葱さんが危害を加えないのはわかる。でも、どうしたって怖い。だってあやかしだなんて……。

――クゥン。

そのとき、廊下のほうから鳴き声が聞こえてきたので、障子を開けた。するとあの子犬がちょこんと座って私を見上げている。

「ねぇ、もしかしてここにずっといたの？　おいで」

ストーブの火はおそらく浅葱さんが落としてくれたのだろう。ついてはいないが部屋の中はまだ暖かい。しかし、廊下はかなり冷える。

私は子犬を部屋に入れた。すると子犬は自ら部屋の隅に歩いていき、そこに腰を下ろしたまままた動かなくなる。本当に私を見守るためだけに生きているような気がして、なんだか不憫《ふびん》だった。

「小夜子さま」

「は、はい」

今度は烈さんの声がする。再び障子を開けると、食事をのせたお盆を持った彼が立っていた。

「起きられましたか。おはようございます」

「おはようございます。寝坊してごめんなさい」

首を垂れると、彼は驚いたように目を丸くしている。

「とんでもないです。浅葱さまが小夜子さまは心身ともにお疲れなので、心ゆくまで休んでいただくようにとおっしゃっていましたし」

「浅葱さんが?」

彼は昨晩、何度も私に休めと言ったが、寺内家では言われたことがなかったので妙な感じだ。

烈さんは部屋に入ってきて座卓に料理を置いてから話し始めた。

「はい。昨日は驚かせて申し訳ありませんでした。ですが、私たちは小夜子さまに危害を加えたりはいたしません。もちろん、小夜子さまが怖がられるのも理解しております。ただ、身の安全だけはお守りしたい。どうか、ここにいてください」

正座をして頭を下げる彼に慌てる。

「そんなことをしていただかなくても……」

謝罪されるのには慣れていない。

「浅葱さまも大変心配されています。とにかく、お食事を。お嫌いなものがあればおっしゃってください」

「いえっ、特には」

さわらの粕漬をはじめとして、きんぴらごぼうやほうれん草のおひたし、大根のお味噌汁などが並んでいる。

「よかったです。食べたいものがあればお作りしますので、お知らせくださいね。それでは失礼いたします」

「あっ、待ってください」

彼が出ていこうとするので止める。

「どうかされましたか？」

「あの……。子犬が突然見えるようになったのはどうしてなんですか？」

私のことをずっと見ている子犬が気になり、少しでも疑問を解決したいと尋ねることにした。

「あぁ」

烈さんは子犬に視線を送ると、改めて正座をする。

「私たちは、あやかしの姿のときは人から見えません。ですからあそこにいる子犬も、人間には見えておりません」

でも、私は見えているよ？

「浅葱さまと契りを交わされましたよね？」

「えっ？　……あっ」

あの口づけのことだ。それを知られていると思うと恥ずかしくなり、視線を伏せる。

「それで、小夜子さまにも見えるようになったのです」

「でも……。烈さんが車にはねられたのは見えましたよ？」

それに公園で再会したときも、間違いなく見えた。だって抱きしめたのだから。

「私はこうして人形《ひとがた》もとれますが、犬にもなれます。それを小夜子さまが目撃されたのです。しかし人や犬に変化《へんげ》するには修業が必要です。あの子犬はまだ生まれて間もないためできません。つまり我々あやかしか、小夜子さまにしか見えないのです」

つまり犬神と赤茶色の毛を持つ犬はまた別なのか。

「そう、だったんですか……」

「はい。ですが、あの子犬は姿を隠したまま小夜子さまにお仕えします。なにがあってもお守りするでしょう」

烈さんはにっこり笑い、もう一度頭を下げてから出ていった。

「なにがあっても……」

私は犬の姿の烈さんがためらいもなく車の前に飛び込んでいったときのことを思い出していた。

命を投げ出してもということ？

微動だにせず私をじっと見つめている子犬が痛ましく思えて仕方ない。生まれたてだというのに聞き分けがよすぎる。

「おいで」

この犬もあやかしだと考えると恐怖は拭えない。しかし、寒空の中捜し回ってくれた昨晩と同じように、あまりに健気《けなげ》で呼び寄せた。すると、それを待っていたかのように尻尾を振って近づいてきて、私の体に顔をこすりつける。

「かわいいね」

あやかしだろうがなんだろうが、かわいいものはかわいい。しかも、私を守ろうとしてくれているなんて。

「烈さんが用意してくれたご飯、食べようか。ねぇ、あなたは食べられる？」

きっと人間用の食事は犬にはよくない。でもあやかしにはどうなんだろう。浅葱さんは私と同じものを食べていたから大丈夫な気もするけど。

「このさわら、すごくおいしい」

なにせ酒蔵なのだから、酒粕が素晴らしいのだろう。ほんのり甘くて身がふわふわに柔らかい。

「食べてみる？」

私はさわらを自分の手にのせて、子犬に差し出した。すると、ペロッと舌を出した犬は、いいの？　とでも言いたげに一度私を見つめてから、食べ始める。

「あはっ。食べた」

それから時々子犬にも分けながら食事を完食した。

すべての料理が上品な味に仕上がっていて、料亭の料理人が作ったかのようだ。それに、酒粕を使った料理がとんでもなくおいしい。

食事が済んでしまうと、なにもすることがなくなった。

子犬はお腹が満たされたからか、目がトロンとしている。

「ねぇ、昨日ちゃんと寝た？」

もしかしたら、私を心配して夜通し起きていたのではないかと心配になる。

「ごめんね。寝ていいよ」

自分の膝に抱き上げて何度もムクムクの体を撫でているうちに、子犬は目を閉じた。

「小夜子さま」

「はい。どうぞ」

それから十五分ほどして、また烈さんがやってきた。

「おいしかったです。ごちそうさまでした」

彼は私の膝の上の子犬に驚いた様子だったが、すぐに頬を緩める。

「お口に合ってよかったです」

「この子にも食べさせてしまったのですが、よかったでしょうか？」

あんまりおいしそうに食べるのでたくさん分けてしまったが、よくないのならやめなければ。

「それはそれは……。小夜子さまのお優しいところはずっとお変わりないですね。実は今朝はもう食べていたのですよ」

「あ……」

そんなことは少しも考えなかった。

「でも、小夜子さまに分けていただけてうれしかったんでしょうね。しかも、こんなふうに気を許して眠るなんて」

烈さんは私の膝の上の子犬に視線を移す。

「私たちは人間と同じものを食べることができます。もちろん好き嫌いもありますよ。次からは、子犬の分もこちらに用意しますね。かわいがってくださってありがとうございます」

まるで保護者のように頭を下げる烈さんこそ優しい心根の持ち主だ。

烈さんに対する拒否感は犬の姿の彼を昔から知っているからか、浅葱さんに対するそれほど強くない。龍なんて、想像するだけでも恐ろしい。

それにしても浅葱さんはまったく顔を出さないが、どうしているのだろう。風邪でもひいていなければいいけど。

私がチラリと障子の向こうに視線を送ったのに気づいたのか、烈さんが口を開く。

「浅葱さまは小夜子さまがご自分を怖がられていることをよくわかっていらっしゃい

ます。ですから、無理やり距離を縮めようとは思っていらっしゃいません」

昨日は強引だったが、やはり寒い中飛び出した私を思ってのことだったのだ。

「ですが、小夜子さまの一番の味方でいたいとお考えだと思います。そうでなければ結婚なんて……。ずっとひとり身でも構わなかったわけですから」

どうしても嫁が欲しくて私を指名したわけじゃないの？

烈さんの言葉に驚いていると彼は続ける。

「あまりぺらぺら話すと浅葱さまに叱られそうです。私はこれから仕事がございますので、隣の酒蔵に出かけます。なにかございましたら、そちらにお越しいただけますか？」

「は、はい」

「それでは」

烈さんは空になった食器ののったお盆を持って出ていった。

「私の味方……」

あくまで烈さんの予想のはずだが、どうしてそんなふうに思うのだろう。

浅葱さんは『実直に生きている者のためにはなにかしたいと思うものだ』と口にしていたけれど、この子犬だけでなく彼もそうなの？　私が烈さんを助けたから？

千両屋の支払い猶予と引き換えに連れてこられたとばかり思っていたが、なにが本当なのだろう。

混乱しながら子犬の頭を撫で、もう一度空を見上げた。

それからしばらくすると子犬は目を覚ました。なにもすることがない私は、ソワソワして落ち着かない。寺内の家に入ってから、朝起きたあとすぐに朝食の準備に取りかかり、夜、風呂掃除が終わるまでずっと体を動かしているのが当たり前だったからだ。

「ちょっと出てみようか」

この部屋とお手洗い以外、この家のことですらよく知らない私は、子犬を抱いて部屋の外に出ることにした。

障子を開けると長い廊下。左に行くと玄関がある。

「台所、どこかな……」

廊下を玄関のほうに向かい途中で右に曲がると、目の前に浅葱さんがいたので腰を抜かしそうなほどに驚いた。

「烈を捜しているのか？」

「い、いえっ。お仕事に行くと聞きましたので……。だ、台所はどこかと」

「あぁ。知っておかないと不便だな。そこの右手だ。あるものは好きに飲み食いして構わない」

そういうつもりで聞いたわけではないけれど、喉が渇くこともあるのでありがたい。

「ありがとう、ございます」

危害を加えられるような切迫感はまるでないが、彼が龍神だと思えばやはり体がカチカチにこわばる。

動けなくなっていると、浅葱さんは私が抱いている子犬に視線を送る。

「こいつ、まだ名がないんだ。小夜子が名づけてやってくれ」

「私が？」

子犬の頭を撫でた彼は、小さくぅなずく。そしてそれきりなにも言わずに離れていった。もっとなにか言われると身構えていたのに拍子抜けだ。烈さんが『無理やり距離を縮めようとは思っていらっしゃいません』と話していたが、その通りなのかもしれない。

「名前か……」

初めて姿を現したときは驚きのあまり混乱したが、こんなにかわいい。私を守るという犬神だろうがただの犬だろうが、名前がないのはかわいそうだ。

「コハク、なんてどう？」

目の色が宝石の琥珀のようにあまりにきれいなので思いついたけど、変かな？　男の子みたいだけど。

私が問いかけるように言うと、ワンと小さく吠えた子犬が激しく尻尾を振るので、気に入ってもらえたかなと勝手に感じた。

「それじゃあ、これからはコハクね。よろしくね、コハク」

ここに来て想定外のことばかりだが、心のよりどころのような存在ができた気がする。いつしかコハクに対する恐怖心はまったくなくなっていた。

名前が決まったところで台所に足を踏み入れると、造りは古いがかなり広い。外から見ても立派なお屋敷だと思ったけれど、由緒正しき家柄という雰囲気が漂っている。しかし、意外にも置いてある電化製品は新しくシックな色で統一されていて、センスを感じた。とはいえ、この歴史を感じる和風建築にはちょっとミスマッチで、白い歯がこぼれる。

「冷蔵庫がないと不便だから仕方ないよね」

私は抱いていたコハクを下ろして、大きな冷蔵庫の扉を開けた。

「うわー。食材がぎっしり。酒粕もある」

粕汁を作ったらおいしそうだな。と考えていたら、料理を作りたくなってきた。

「作っても、いいよね？」

烈さんは仕事に行ったが、おそらく昼に戻ってきて昼食を作ってくれるつもりだろう。それなら手持ち無沙汰にしている私が作ったほうが効率的だ。

私は冷蔵庫から材料を取り出して調理を始めた。

大根や人参《にんじん》などの野菜と豚バラ肉を入れた粕汁は、酒粕の品質がいいせいかすごくいい香りがする。他には立派な椎茸《しいたけ》があったので生姜煮《しょうがに》にして、レンコンとサツマイモを鶏肉《とりにく》と一緒に甘酢炒《いた》めにした。

「小夜子さま……」

戻ってきた烈さんに声をかけられて、ハッとする。

「あっ、勝手にごめんなさい」

意気揚々と作っていたはいいが、彼のテリトリーで勝手なことをしてはいけなかったかもしれない。

「いいえ、助かります。いい匂いだ」

よかった。怒っているわけではなさそうだ。

「寺内の家では、料理は私の仕事でしたので」

叔母はあまり得意ではなく、亜紀さんはまったくやりたがらなかったので、三食ともほとんど私が担当していた。

「そうでしたか。おいしそうな料理を見ていたら、急にお腹が空いてきました。浅葱さまももうすぐ戻られます。居間に運んで食べましょう」

烈さんに提案されたものの、一瞬顔が険しくなってしまった。まだ浅葱さんとどう接していいのかわからないのだ。

旦那さまが龍神だなんて、簡単に受け入れられるものではない。これからどうすべきかわからないのに、にこにこ笑って食事なんてできない。

「烈。無茶を言うもんじゃない。小夜子だって、飯くらい緊張せずにゆっくり食べたいだろう？」

困惑していたところに顔を出したのは浅葱さんだ。

「申し訳ありません。配慮が足りませんでした」

烈さんが反省の姿勢を見せるが、そんな必要はないのに。親切にしてもらっているのに恐怖心を拭えない私が悪いのだから。

「いえ……」

「浅葱さま。小夜子さまがすべてこしらえてくださいました」

烈さんが伝えると、浅葱さんは皿に盛った料理の数々に視線を送り、驚いている。

「小夜子の手料理が食えるとは思わなかった。ありがたくいただくよ。小夜子は自分の部屋で食べればいい。烈、俺の分は居間に運んでくれ」

「かしこまりました。小夜子さま、あとは私が。お部屋でお待ちください」

ふたりから優しい言葉をかけられて、私の対応が冷たかったかもしれないと後悔したものの、この特殊な状況を受け入れられないのだから仕方がない。

私は心なしか肩を落とし気味の浅葱さんを見送ったあと、足下にまとわりついていたコハクを抱き上げて自分の部屋に戻った。


その日から、仕事に行っている烈さんに代わって、昼食は私が作るようになった。烈さんも浅葱さんも昼間はほとんど酒蔵のほうにいて、家には昼食のときに戻ってくるくらいだ。だからまるで自分の家のようにくつろげるようになっていた。

とはいえ、千両屋で働き詰めだったからかなにもしないのがかえって苦痛で、ちょこちょことついてくるコハクと一緒に家中の掃除と洗濯にいそしんでいる。

入室の許可をもらった私は、浅葱さんと烈さんの部屋にも掃除のために足を踏み入れた。烈さんの部屋は整然と片付いているのに、几帳面だと思い込んでいた浅葱さんの部屋は意外にも着物が脱ぎ散らかしてあったり、読んだ新聞がそのまま広げてあったりする。どうやら整理整頓が苦手なようだ。

今日も脱ぎ捨てられていた浴衣を回収して洗濯をしようとすると、酒蔵に行ったはずの浅葱さんが部屋の入口に立っていたので固まった。

「あっ、あのっ……」

「いつも洗濯までしてくれるとか」

「は、はい……」

まだ視線を合わせて話すのはびくびくする。

「烈がとても助かると言っていた」

「それは、よかったです。失礼します」

浴衣を抱えて部屋を出たが、すれ違いざまに「俺も」と付け足されて足が止まった。

今のは幻聴？

ゆっくり振り向くと、浅葱さんが私を見つめている。

「俺も、助かっている」

目をキョロッと動かして視線を外しながら言う彼は、頬が少し赤らんでいるような。

もしかして、照れているの？

「コハクと言うそうだな」

次に私の横にぴったりとついてくるコハクに目をやった彼はボソリと吐き出した。

「はい」

「いい名だ」

「ありがとう、ございます」

彼はあからさまに表情を崩すことはなかったけれど、かすかに笑みを浮かべた。

このまま逃げるように生活をしていていいのだろうか。彼は龍神だとはいえ、私を大切に扱ってくれる。しかも、私が彼を受け入れることを無理強いしようとは決してしない。私がもう一度逃げ出さないのはそのせいだ。

私たちは夫婦なのに……。

ふとそんなことを考えたが、簡単に距離を縮めることもできないでいた。


その日。昼食が済んだあと、後片付けを一緒にしていた烈さんが口を開いた。

「先ほど雲龍庵から酒粕の注文が入って、天音さんが小夜子さまに会いたいとおっしゃっているそうですよ」

「天音さん！」

挙式に来てくれた彼女だ。

そういえば、双子の男の子のほうが浅葱さんのことを『龍神さま』と呼んでいたということは、天音さんも浅葱さんがあやかしだと知っているのだろうか。いや、もしかして彼女も……。

「あ、あのっ。天音さんは、あや、あやっ……」

「あぁ、あやかしではないですよ。天音さんは人間です」

あやかしである烈さんにこんなことを尋ねるのは失礼ではないかと思ったが、あっさりとした返事。

よかった……。でも、彼女は浅葱さんが龍神だと知っていても怖くはないの？

「小夜子さま。私のことは怖くないのですか？」

至極当然の質問に、なんと答えようか迷う。

浅葱さんと言葉を交わせば交わすほど、恐怖心が薄れているのは感じているが、まだ完全に拭えない。それなのに烈さんとはこうして気軽に話せるのだ。

実は私も浅葱さんのことが怖くて、烈さんやコハクはそうでもない理由がよくわからない。烈さんは以前から知っていた犬であり、身を挺《てい》して子供を助けるほど優しいとわかっているという安心感があるのは間違いない。コハクはいつも私にまとわりついていて、無条件にかわいい。でも、浅葱さんも温かい心の持ち主なのに……。

「そう、ですね……。犬、だから怖くないのかな」

なんとなく、そのくらいしか理由が見当たらなくなっているのに気づいて口に出すと、烈さんが肩を震わせ始めた。

「あはは。たしかに。犬と龍ではえらい違いですね。浅葱さまが今の言葉をお聞きになったら、すぐにでも犬神になりたいとおっしゃりそうだ」

浅葱さんも、そんなことを言うのかな？

まだ彼のことをよく知らない私は、首を傾げるしかない。

「まあ、それはおいておいて。商品の配達は専門の業者に任せているのですが、雲龍俺だけはいつも私が行くんです。よろしければ一緒に行かれますか？」

「はい！　是非」

天音さんともっと話がしたい。浅葱さんのことをどう思っているのかも知りたい。

興奮気味に返事をすると、烈さんはうれしそうに微笑んだ。


私たちはそれからすぐに出発した。

雲龍庵は季節に合わせた〝こなし〟という見た目も鮮やかな和菓子や豆大福が有名らしい。それらに負けず劣らず、新しい酒粕が手に入る冬の間は酒まんじゅうの人気が高いのだとか。どうやら烈さんも大好物のようで、配達に行くたびにもらって帰ると聞いた。

今日のお出かけにも当然のようにコハクがついてきて、配達のワゴン車の助手席に座る私の膝に収まっている。

上賀茂にあるお店に到着すると、すぐに天音さんが気づいて出迎えてくれた。店番をしていたらしい彼女は、若草色の着物がよく似合う。

「小夜子さん！」

「お久しぶりです。あっ、酒粕をお買い上げくださり、ありがとうございます」

浅葱さんの妻となった実感はまったくないし、これからどうしていいのかもわからない。でも、今は商品の配達に来たんだしと慌てて付け足した。

「泉宮さんの酒粕は優秀だもの。成清さんは他の店の酒粕は絶対に使わないのよ。さ、入って。わんちゃんも一緒に。厨房《ちゅうぼう》に入らなければＯＫよ」

「えっ……」

コハクが見えているの？　天音さんは人間ではないの？

「天音さん、コハクのことわかるんですか？」

「コハクって言うの？　かわいい。私、見えちゃう人なのよ。それで苦労もしたけど、成清さんたちと一緒に暮らすようになってから、いろいろ受け止められるようになってね」

どういうこと？

私たちが話していると、烈さんは奥の厨房に酒粕を運んでいく。彼と入れ替わりにあの双子が出てきた。

「小夜子さまー」

双子は駆け寄ってきて私の手を片方ずつつなぐ。

「僕たちが作った和菓子食べてください」

「ふたりも作るの？」

「はぁい！」

自慢げに声をそろえる幼いふたりが和菓子を作るなんてびっくりだった。

「ふたりは私よりうまいんですよ。こちらへ」

天音さんに促されて店の片隅にあるテーブルに着くと、酒まんじゅうとこなしが運ばれてきた。

「今の時季はこの姫椿《ひめつばき》がよく出るの。中はこしあんです。こっちは酒まんじゅう」

天音さんが説明しながらお茶を出してくれる。そのあと、彼女は私の対面に腰を下ろした。

淡いピンクのかわいらしい花びらに成形された和菓子は、とても上品だった。こんな繊細な和菓子を、双子が作るの？

「すごいね。こんなの作れるんだ」

私たちのテーブルを覗き込んでいる双子に話しかけると、「キシンさまにやっと合格をもらったんだよ」と小太郎くんが漏らす。

「小太郎、ダメだと言われてるでしょ？」

すると小菊ちゃんがその発言をたしなめた。

「キシンさま？」

〝キシン〟の〝キ〟はまさか……。

思い当たる漢字があり顔をこわばらせていると、天音さんがクスッと笑う。

「鬼なのよ、成清さん」

「は？」

「で、双子は白虎」

天音さんが実に冷静に、しかも笑みまで浮かべて紹介する。奥からその成清さんが出てきたのでビクッとして立ち上がった瞬間、イスがうしろに倒れて大きな音を立てた。

天音さんは、鬼やら虎やらに囲まれても平気なの？

私の恐怖が伝わったのか、コハクが激しく吠え始める。

「コハク。鬼神さまに失礼だぞ」

成清さんの背後から姿を現した烈さんがコハクをたしなめると鳴きやんだ。

「構わないよ。小夜子さんの犬神なんだろう？　主を守ろうとして偉いじゃないか」

成清さんは意に介さず、私のところまでやってきてイスを直してくれた。

「コハクか。なにもしないから安心しろ。手を出そうものなら浅葱に殺されるからな。小夜子さん、驚かせてすみません」

人懐こい笑みを浮かべる成清さんは、双子に「仕事が残ってるぞ」と促して厨房へと追いやる。そのあと、呆然《ぼうぜん》と立ち尽くしている私に目を合わせて続けた。

「天音が小夜子さんと似た立場なので……と思って、今日はお呼びしました。私たちは奥で仕事をしているので、召し上がってください。天音。それを食べたら出かけてきなさい。ここでは落ち着かないだろうから」

「そうします」

天音さんの返事に満足そうにうなずいた成清さんは、「ごゆっくり」と再び奥に戻っていった。烈さんはまた荷を運び始める。

「驚くわよね、そりゃ。私も腰が抜けたもん」

天音さんが穏やかな表情で話し始めたので、もう一度イスに座り直す。

「私の場合はもともと見えてたから、そういう存在がいることはわかっていたの。最初は怖かったけど、成清さんや白虎が優しいあやかしだとわかってからは、うまくやってるよ」

「うまく……」

「うん。成清さんは、私を命がけで守ってくれるようなあやかしなの。悪さをするあやかしも中にはいるけど、成清さんたちみたいないいあやかしもいるんだよ。もちろん、浅葱さんも、烈さんもね」

天音さんは事情をすべて承知しているようだ。

「命がけ……」

「そう。仕事中は本当に厳しくて鬼！　って心の中で叫んでるけど、本当はすごく優しいの。なーんて、本人には絶対言ってあげないけど」

ロの前に人差し指を立てる天音さんは、厨房のほうをチラッと見てから私に和菓子をすすめる。

「この酒まんじゅう、すごくおいしいの。コハクも食べるよね？」

「はい」

「モフモフしててかわいいね。双子のふたりも白虎になるとムクムクなの」

天音さんにはあやかしの彼らに対する警戒心の欠片《かけら》も見られない。腰を抜かしたくらいなのに、一緒に生活していてその緊張が解けたということか。

それから彼女は、ショーケースの中からコハクの分まで酒まんじゅうを出してくれた。コハクは私の足下ですさまじい勢いで食べている。

「小夜子さんもどうぞ」

「はい。いただきます」

早速酒まんじゅうを口に入れると、ほのかに漂う日本酒の香りと優しい甘さに顔がほころぶ。

「おいしい。幸せな味……」

「でしょ？　成清さん、お酒はほとんど飲めないのに、泉宮さんのところの酒粕は絶賛していて、他のどの酒蔵のものを使ってもこの味は出せないといつも言ってる」

飲めないなんて意外。なんとなく、毎日晩酌でもしていそうだと勝手に思っていた。

「こなしも自慢なの。柔らかくてこの形にするのが大変なんだけど、成清さんはなんでもない顔をしていくつも作っていくのよ。餡《あん》もおすすめ」

次にこなしもいただくと、口の中に上品な甘さが広がって目が大きくなる。見た目だけでなく、味も秀逸だ。

「そういう顔になるよね？」

天音さんはうれしそうに微笑みながら、自分も口に運んだ。

「はい。どちらかというと洋菓子派だったんですけど、和菓子が好きになりそうです」

「うれしいな。あとでお土産も持って帰ってね。ちょっと出ようか」

天音さんはコハクが食べ終わったのを見て、私を促した。

できれば成清さんたちあやかしには内緒で胸の内を聞いてもらいたい。

天音さんは前かけだけを外し、和服姿のまま雲龍庵を出た。

「着物、いいですね」

「小夜子さんも着ればいいのに。酒蔵の杜氏の奥さまなんだもの。きっと素敵よ。着物、用意されてたでしょ」

どうして知っているの？

「……はい」

「浅葱さん、小夜子さんは絶対着物が似合うって力説してたもんね。成清さんが、これは山ほど用意しそうだなって笑ってたの」

私は箪笥に用意された着物の数々を思い浮かべて驚いていた。

「似合うって……。浅葱さんが？」

「そう。面と向かっては照れくさくて言わないか。浅葱さん、クールだもんね」

彼女は私よりずっと浅葱さんのことを知っているようだ。もっと彼のことを教えてほしい。

「私、浅葱さんのことよく知らなくて……」

「やっぱりそうだよね。烈さんが、距離が縮まらないみたいだって言ってたから。ここ、入ろ？」

彼女は上賀茂神社近くのおしゃれなカフェに私を誘う。コハクもついてきて、私の足下で丸まった。

ここは抹茶オレがおいしいらしく、ふたりともそれを注文したあと話の続きをする。

店内はざわついていて、小声で話せば他の人には聞こえなさそうだ。

「浅葱さんが龍神だと知って、びっくりしたよね」

「……はい。びっくりというか怖くて。コハクや烈さんは犬だし、なんとなく受け入れやすいというか……」

「あはっ、それよくわかる」

天音さんはおかしそうに笑う。

「烈さんは昔から知っていたし……」

「そうみたいね。烈さん、昔は悪かったみたいで」

「なにがですか？」

「うーん。素行？」

行いが悪かったってこと？　すごく真面目に見えるけど。

「あやかしの中には人間にちょっかいかけるものもたくさんいてね。実は私、ほんの少しあやかしの血が入っているらしいんだけど」

「え！」

そんなこと、あるの？　いや、でも……冷静に考えたら、浅葱さんと私の間に子供が生まれたらそうなるのか。

「ずっと知らなかったんだけどね。それで見えるみたいなの。そのせいで怖い思いもしたんだ。烈さんもやりたい放題だった時期があったらしくて、他のあやかしたちに手を出したら反撃されてひどい目にあったみたい」

「ひどい目？」

烈さんがやんちゃをしていたなんて想像がつかない。

尋ねると、彼女は眉をひそめた。

「うん。それこそ瀕死《ひんし》だったと。でも、烈さんを助けた浅葱さんが彼らに『もう二度とさせないから許してやってほしい』と頭を下げて、烈さんを引き取ったんだって」

まさか、そんな壮絶な経験があるとは。しかも、浅葱さんが烈さんのために頭を下げたなんて。

言葉を失っていると、彼女は続ける。

「回復した烈さんは、今までの悪事を帳消しにするくらい善行に励めと浅葱さんに叱られて、すっかり改心したみたい。もともと優しいあやかしだしね」

烈さんの優しさは近くにいてひしひしと感じているが、どうしてそんな悪事を働いていたのだろう。

「善行って、もしかして……」

出会ったとき、子供のために身をなげうって車の前に飛び込んでいったのもそう？

「子供を助けようとして事故に遭ったんだってね。小夜子さんに助けてもらったと、浅葱さんもすごく感謝してた」

やっぱりそうだったんだ。でも、浅葱さんまで感謝？

「烈さん、真面目すぎるところがあって、浅葱さんに助けられなければ自分は命を落としていたからと、無謀なことまでしちゃうのね。それでこれまた浅葱さんに雷を落とされて、『死ぬのは許さん。自分も大切にしろ』ってくぎを刺されたみたい」

「浅葱さんがそんなことを……」

「うん。すごく怖かったって言ってた」

天音さんの話を聞いていると、烈さんだけでなく浅葱さんの印象も変化していく。浅葱さんは冷酷と言われているくせに実は温かい心の持ち主だという印象はぼんやりとあったが、それだけでなく思慮深くて器が大きいと感じた。

そこで抹茶オレが運ばれてきたので、話は一旦中断。コハクはおとなしく座ったまま微動だにしない。さすがにここでは食べたり飲ませたりはできそうにないので申し訳ないと思いつつ、抹茶オレを喉に送った。

「あー、ちょうどいい苦み！」

抹茶の渋みが程よく残っていて甘すぎず、かなり好みの味だ。

「おいしいでしょ？　双子も大好きでよく成清さんにおねだりするんだけど、成清さんが出かけたがらない人で……」

「それじゃあ、天音さんが連れてくるんですか？」

「ううん。さんざんせがむと、しょうがないなぁって四人で来ることになるかな。なんだかんだ言っても、優しいの」

彼女の表情が柔らかくて、こちらの気持ちまで上がる。

「結婚はしないんですか？」

「ゴホッ」

私の質問に、彼女は抹茶オレを噴き出しそうになった。

「け、結婚なんて。ただの同居人って言わなかったっけ？」

真っ赤な顔をして途端にオロオロしだした天音さんは、絶対に成清さんのことが好きだと思う。

「成清さんも、天音さんのことがお好きなんじゃないでしょうか？　すごく優しい目で見てましたよ」

「な、なに言ってるのよ！　……もう」

しどろもどろになる天音さんがかわいい。

私……初めてこんな時間を持てたかも。青春を謳歌していた亜紀さんをうらやましいと思っていたけど、カフェで抹茶オレをいただきながら恋の話なんて。これが〝女子バナ〟というものなんだ。

でも、彼女は成清さんが鬼神だと知っても恋をするのか……。

「小夜子さん、どうかした？」

「……あの、成清さんがあやかしでも、怖くはないんですか？」

失礼な質問かもしれないが、こんなこと彼女にしか聞けない。

「今は怖いどころか尊敬してる。人間よりずっと誠実だし、彼なら絶対に私を守ってくれるという確信があるの。……って、なに言ってるんだか、私」

耳まで赤く染める天音さんは、照れくさそうに視線をそらした。

これはやっぱり恋をしているな。

私より年上のはずの彼女だけれど、なんだかとても微笑ましい。

「そんなことより、小夜子さんは浅葱さんのことが怖いのね？」

「……はい。だって龍ですよ？」

と力説したものの、成清さんだって鬼か。

「そうよね……」

同調してくれるのが心強い。私の感覚がおかしいわけではないとホッとしたというか。

「やっぱり龍神のところには誰も嫁なんて来ないから、私に声がかかったのでしょうか？　実家は土産物屋で、泉宮酒造への支払いが滞っていて……」

「伏見稲荷の千両屋さんよね？」

そんなことまで知られているとは驚いた。

「そうです」

「支払いの件はよくわからないけど……。小夜子さんのことはずっと前から聞いていたのよ」

「ずっと前から？」

どうして？　浅葱さんと顔を合わせたのは、彼が千両屋を訪ねてきたときが初めてだったのに。

あっ、客のふりをしていた烈さんから聞いていたの？　あれっ、どうして烈さんは客のふりなんてしていたんだっけ？　たしか浅葱さんに指示されてと言っていたような気がするが、なぜそんな指示を出していたのかまでは聞いてない。

「うん。烈さんが覗きに行ってたんでしょう？」

「はい。知らなかったんですけど……」

「小夜子さんに助けられてから、ずっと気になってたみたい。それで烈さんを千両屋に行かせてみたら、いつも笑顔で泉宮酒造のお酒の説明をしていると聞いてますます興味を持って、ちょっと調べたんだって」

調べたって、私の境遇のこと？

「ご両親を亡くしてるのね」

「そうです」

やはり、全部知られていたんだ。

「小夜子さんが叔父さんや叔母さんから冷たい扱いを受けているのを知って、浅葱さんは胸を痛めていたの。烈さんを病院に運んだときのお金もきっとお使い用で、全部使い果たしてしまったから叱られたんじゃないかと」

そういえば、浅葱さんにもそう言われたような。

「それに、店の経営が傾いた責任を小夜子さんに被せたことにすごく怒ってたって、烈さんが話してた」

あのときはすこぶる冷静に見えたけれど、怒っていたの？　しかも、私のために？

「浅葱さんが？」

「そう。それで浅葱さんは叔父さんに、どちらかの娘を自分に嫁がせてくださいって言ったらしいのよ」

私を指定したわけじゃなくて？　亜紀さんでもよかったということ？

「でもね。それは最後の賭けだったのよ」

「賭けって？」

さっぱり話が読めない。

「浅葱さん、自分が冷酷でとんでもない暴君だという噂が流れているのを承知しているの。それで、叔父さんが小夜子さんか実の娘か迷ったら、小夜子さんを妻に迎えるのはやめるつもりだったって」

天音さんはそこまで言うと、私をじっと見つめてわずかに口角を上げる。

「ここからは私の推測だけど……。浅葱さん、小夜子さんの幸せが一番だと思ってたんじゃないかな。自分が龍神で、怖がられることを承知しているから……。叔父さんが小夜子さんのことを実の娘同様に大切に思っていて、千両屋での生活が小夜子さんにとって幸福なら、自分の出る幕はないと」

「まさか……」

そんな駆け引きがあったとは、まったく知らなかった。

けれど……浅葱さんが龍神だと知り家を飛び出したとき、『もうお前をひとりにはしない』と言っていたことをぼんやりと思い出した。

「でも、残念なことに叔父さんは小夜子さんを迷うことなく指名した。だからもう千両屋に置いておきたくなかったんだと思うの」

それじゃあ、浅葱さんは叔父に私への愛情がないと見抜いて、窮屈な思いをしていた私を助け出してくれたということ？

驚愕の事実に言葉も出てこない。

「浅葱さんも成清さんも、あやかし界ではかなり強くて力を持っているの。でも、だからといってその力で誰かをねじ伏せようとしたりはしないし、それどころか懐が深いというか……」

彼女は成清さんのことを考えているのだろうか。表情が柔らかい。

「その力の使いどころを間違えないあやかしだと私は思ってる。鬼だの龍だの、私たちには信じられないことだけど、もっと浅葱さんのことをよく知ったら、そんなことはどうでもよくなるんじゃないかな」

「天音さんはそうなんですか?」

前のめりになって尋ねると、彼女は大きくうなずいた。

「私は最初からあやかしの存在を知っていたから、小夜子さんよりは受け入れやすかったかも。小夜子さん、浅葱さんと話すこともあまりないって聞いたけど……」

「はい」

「怖いからそりゃそうか。だけど、話してみたら印象が変わっていくんじゃないかな。浅葱さん、とても優秀な杜氏さんなのよ。商品の改良にまさに心血を注いで取り組んだの」

私は泉宮家に嫁いだ日の、あの特別なお酒のことを思い出していた。あれは本当にまろやかで口当たりがよく、お米の甘さもほんのり感じる至極の一品だった。

「職人さんたちも浅葱さんを信じて精進してる。浅葱さんは自分の力で泉宮酒造をあそこまで育てたのに、龍神の力のおかげだって今でも貴船神社への奉納を欠かすことはないの。謙虚だよね」

「貴船神社……」

って、挙式をした神社のことだ。

そうか、あの神社は龍神が祀られているんだ。あの日も、烈さんが龍翔を奉納したと言っていた。私は最初から一番大切な場所に連れていってもらえたんだ。

今日、天音さんと話せてよかった。私の知らないことをたくさん教えてくれた。

「あっ、まずい。そろそろ戻らないと。夕方、お茶会の和菓子の予約が入ってるのよ。箱詰めしなくちゃ」

私たちは残っていた抹茶オレを一気に喉に送ってからカフェを出た。

「また来てね。私、もっと小夜子さんとお話ししたいな」

「ありがとうございます。そうします」

「そのとき、浅葱さんとの夫婦仲の進展を聞かせてね」

進展……するだろうか。

「それじゃあ今度は、成清さんと天音さんの話ももっと」

「だ、だから同居人だってば」

瞬時に耳を赤くする天音さんは、照れくさそうに私から視線を外した。

雲龍庵に戻ると、成清さんがどう見ても鬼には見えない穏やかな笑顔で接客をしている。

烈さんはどこだろう……。奥にいるのかな？

お客さんを送り出した成清さんが、隅に立っていた私たちの前までやってきた。

「天音。箱詰め頼む」

「わかりました」

「小夜子さん。もうすぐ浅葱が迎えに来る」

どうして？

「烈さんは？」

「戻ったよ。一度、浅葱と向き合ってみたらどうだろう。あいつが自分より弱いものに手を出すことは決してない」

烈さんのために他のあやかしに頭を下げたという浅葱さんなら、きっとそうに違いない。それに、成清さんの言う通りだ。私は逃げるばかりで向き合おうとしてこなかった。浅葱さんのことを知ろうとしなかったのだ。これからどうするかを簡単には決められないが、一度話し合ったほうがいい。

「ありがとうございます。そうします」

そう答えると、成清さんも天音さんもうれしそうに微笑んだ。

浅葱さんがやってきたのは、それから十五分ほどしてからだった。彼自身は車の運転をしないのでタクシーだ。

天音さんが用意してくれたお土産を浅葱さんに渡すと、彼は丁寧にお礼を述べて頭を下げている。有名な酒蔵の杜氏で、しかもあやかし界でも強いらしい彼だけど、とても腰は低い。

「龍神さまぁ！」

奥から小太郎くんが駆け出してきて、浅葱さんに飛びついた。

「小太郎、元気だな」

「姫椿、僕が作ったんだよ」

「商品としてはギリギリ合格のクオリティだけどな」

自慢げな小太郎くんだったが、成清さんに一刺しされている。けれどどこ吹く風でにこにこ顔だ。

「大切に食べさせてもらうよ。小菊もいつもありがとう」

「はい！」

小菊ちゃんは小太郎くんより控えめな性格のようで、少しうしろから眺めていた。それに気づいた浅葱さんは彼女にもお礼を言っている。すると彼女はうれしそうに白い歯を見せて大きな返事をした。

浅葱さんをよく観察していると、気配りもできるしとても優しい。双子がなつくのも納得だった。

私は彼が龍神だと知ったあの瞬間から、こうしたことからも目を背けてきたのだ。

「小夜子さん、またね」

「はい。和菓子、ごちそうさまでした」

天音さんにあいさつをしている隣で、成清さんと浅葱さんが酒粕についてなにやら話している。吟醸粕がどうとかと言っているが、酒粕にも種類があるなんて知らなかった。

「小夜子。そろそろ行こうか」

「はい」

浅葱さんとこうして距離を縮めたのは、家を飛び出したあの日以来だ。同じ家に住んでいるのに、顔を合わせても逃げてばかりいたから。

私は彼と並んでタクシーの後部座席に座り、成清さんたちに頭を下げた。

上賀茂神社の方向に走り出すと、私が先に口を開く。

「迎えに来てくださってありがとうございます」

ひとりで戻ってもよかったのに。寒い時季に酒を仕込む酒蔵は、今が忙しさもピークなはずだ。

「いや。俺は夫だから」

その夫と距離を置いているのは私のほうなのに、やっぱり優しい。

「酒まんじゅう、おいしかったです」

「そうか。成清の腕は一流だからな」

「泉宮酒造の酒粕でないとできないと天音さんが」

彼女と話したことを伝えると、彼は小さくうなずく。にっこりとまではいかないが、少し口角が上がった。

「酒粕にもいろいろあるんですね」

「そうだな。酒を作る工程でもろみを絞ったものだから、どの酒のものかによる。泉宮酒造で売っている酒はどれも自動圧搾機は使わず〝槽《ふね》しぼり〟を採用している。これはもろみを入れた布袋を槽に敷き詰めて圧をかけていく方法なんだが、強い圧をかけないため繊細な味に仕上がる。成清は龍翔のこれを気に入っているようだ」

しぼり方もいろいろあるのか。酒蔵に嫁入りしたくせにそうしたことも知らなくて恥ずかしいくらいだ。

「もっと……」

「ん？」

「もっとお酒のことを教えてください」

本当は、〝浅葱さんのことを〟だった。でも、恥ずかしくてそんな言い方になる。

「そうか。それじゃあ、そうしよう。ゆっくり覚えていけばいい」

浅葱さんはうれしそうに頬を緩めた。

運転手がいることもあり彼が龍神であることについては触れられなかったが、久しぶりに長く会話を交わせて、私は胸がいっぱいだった。

浅葱さんは『ひとりにはしない』と言ってくれたのに、なにも知ろうともせず一方的に壁を作ってひとりになることを選ぼうとしていたのは私自身だ。それなのに、まだ関わってくれる。

「浅葱さん。私を寺内の家から助けてくれたんですか？」

一番聞きたかったことをズバリ尋ねると、彼の眉がピクッと動く。

「なんの話だ？　助けられたのは烈のほうだ」

彼はとぼけている。叔父が亜紀さんではなく私をすぐに差し出したことを言いたくないのかもしれない。そんな心配りもありがたかった。

やはり、肩身の狭い思いをしていた私を救い出してくれたんだ。

「そういえば、烈さん……やんちゃをしていたとか」

「天音さんに聞いたのか？」

「はい。想像がつかなくて……」

今の烈さんの姿には、そんな面影どこにもない。

「両親を一度に亡くしてな。それで自暴自棄だったんだ。根は優しいし、バカがつくほど真面目なヤツだ」

そうだったのか。浅葱さんは、烈さんが本当はそういうあやかしだと知っていたから助けたのだろう。

「浅葱さんも優しいですよね」

思いきって伝えると、彼は目を丸くする。そして喜んでいるのか困っているのかわからないような複雑な表情をして窓のほうに顔を向けてしまった。

ほんのり耳が赤いけど、もしかして照れているの？

「そんなことは、ない」

そこは否定しなくてもいいのに。

暴君だという噂は、どこからどう見ても間違いだ。

タクシーがアスファルトの段差のせいで揺れたとき、シートの上の指が彼のそれに触れてしまった。スッとこぶしを握って指を引いたのに、彼は私のこぶしを包み込むように強く握った。いつになく強引な行為に、拍動がたちまち速まり息苦しくなる。

けれど、決して嫌ではない。

夫婦なのに、手をつなぐことすらまともにしていないんだ……。

すべては私の拒否のせい。浅葱さんはそれを責めることなく、ただ私の心が解けるのを待ってくれる。

　こうやって会話を重ねて浅葱さんのことを知っていけば、夫婦として寄り添っていけるだろうか。天音さんと話したからか、こうして手に触れられても震えることはないし、抵抗もない。彼が人間であろうが龍神であろうが、私にとってかけがえのない人なのだと感じた。

　私が手の力を緩めて開くと、彼は指に指を絡ませるようにして握ってくる。『逃がさない』と言われているようで照れくさい。

　それからは手をつないだまま、嫁いだ日に飲ませてもらったお酒のことを教えてもらった。

　泉宮酒造が販売している日本酒は、多くの酒蔵が採用している自動圧搾機を使用した〝ヤブタ式〟と言われるしぼり方ではなく槽しぼりだそうだが、それよりさらに手間のかかる〝雫《しずく》しぼり〟というしぼり方をしたという。これは、もろみの入った袋をつるして重力の力で落ちる雫を集めるやり方で、しぼれる量が少なくかなりの労力がかかるので、まず市販されないのだとか。

　あのときのお酒はさらにその中でも〝中汲《なかぐ》み〟という部分のもの。酒袋から最初に染み出てくるのが、〝荒走《あらばし》り〟、その次が〝中汲み〟で、最後が〝責《せ》め〟と言うらしい。それぞれに特色はあるが、中汲みが味も香りも抜群で最上級の品質として知られているようだ。

その、雫しぼりの中汲みという、すさまじく手のかかったお酒だったと聞いて、私にはもったいなかったと思ったほどだ。

そして改めて、挙式の日、浅葱さんの妻となってから大切にされているのだと気がついて胸が熱くなる。

そういえば、着物もそうだった。家に戻ったら着てみようかな。

十七時すぎに泉宮家に到着すると、彼はようやく手を放してくれた。どうやら仕事が終わったらしい烈さんも戻ってきている。

「小夜子」

コハクと一緒に部屋に戻ろうとしたとき、浅葱さんに呼び止められて振り向いた。

「俺はお前の夫だ。生涯小夜子を守るつもりだ」

「浅葱さん……」

今日、雲龍庵に出かけるまで彼との間に高い壁を作っていたけれど、崩れ去っていくのを感じる。天音さんが浅葱さんのことをよく知ったら、彼が龍神なのか人間なのかなんてどうでもよくなると口にしていたが、そうなる予感がなんとなくある。

「夕飯、一緒に食べてもいいですか？」

思いきって問いかけると、彼は目を見開く。そして、たしかに口角を上げて「もちろんだ」と弾んだ声で答えた。


その日の晩ご飯は、浅葱さんとふたりで。烈さんも誘ったのにどうやら気を使っているらしく、彼は配膳をしたあと部屋に戻っていく。一緒にいてくれたほうが緊張しないのに……と考えている隙に、なんとコハクまで連れていかれてしまった。

「烈がいたほうがよければ呼び戻すぞ？」

「いえ。大丈夫です」

早速気配りする浅葱さんが、私に危害を加えるわけがない。それに、向き合おうと決めたのだから慣れないと。

「そうか。それではいただこう」

烈さんが作ってくれる料理は和食が多いものの、洋食も中華も並ぶ。どれもこれもおいしくて食べすぎてしまうので困っている。今日は酒粕を入れたシチュー。里芋やレンコンなども入っているちょっぴり和風のそれは、濃厚でくせになる味だ。

「初めていただきましたけど、すごくおいしい。香りもいいです」

「コクがあるな。だが、小夜子の料理もうまいぞ」

彼は里芋を口に運ぶ前に私を褒める。

「烈さんには敵《かな》いません」

「いや、小夜子が一番だ」

意外にも頑固に言い切る彼は、シチューをおいしそうに頬張《ほおば》った。

「私にも、もっとお仕事をさせてください。食事はすべて作らせてください」

烈さんは酒蔵の仕事をしているのだし、昼食だけでなく料理全般、私の担当にしてくれたほうがいいのではないだろうか。でも、烈さんの食事が口に合っているのなら躊躇《ちゅうちょ》しないわけでもない。

「もし浅葱さんがお嫌でなければ、ですけど」

慌てて小声でつけ足した。

「嫌なわけがない。そうしてもらえると烈も助かる……じゃないな。俺が小夜子の作った飯を食いたい」

「そうなんですか？」

烈さんのほうが料理上手だろうに。

「当たり前だ。妻の手料理を食いたくない夫なんているか」

寺内の叔父は外食のほうが好きだったから、多分いるとは思うけど……。そんなふうに言ってもらえるとは思わなくて、白い歯がこぼれる。

「ただ、お前は今まで働きすぎた。少し体を休めたほうがいい」

やはり私をいたわるような言葉がするっと飛び出してくるので、心がじんわりと温かくなる。

「大丈夫です。動いているのが性に合っているんですよ」

寺内の家にいたときは、たしかにくたくただったけれど、今は店番もないのだし料理くらいまったく苦ではない。

「そうか。それでは頼む。でも、絶対に無理はしないこと。これが条件だ」

浅葱さんって、慎重なのかな。いや、過保護なのか。

「はい。約束します」

その日の夕食は、想像以上に楽しいものとなった。

第二章

夫婦の秘密

翌日。早速朝食を作って振る舞うと、烈さんも大げさなほどに喜んでくれた。

「小夜子さま、ごちそうさまでした。せめて皿洗いは私が」

自室で食べたあと食器を台所に持ってきた彼が、皿洗いを始める。

「いいんですよ。少しは休憩してください」

浅葱さんは私に『体を休めたほうがいい』とすすめてくれるが、烈さんのほうがよほど忙しそうに走り回っている。

「ですが……」

「せっかくもらった私の仕事をとらないでください。あっ、烈さんも浅葱さんもお嫌いなものがあれば言っておいてくださいね」

「仕事をとるって……。千両屋で黙々と働いていらっしゃいましたけど、本当に真面目な方ですね」

それは烈さんだと思うけど……。

「私も浅葱さまも嫌いではありませんが、冬の間は、納豆とヨーグルトはお控えください」

「納豆とヨーグルト？　どうしてですか？」

嫌いじゃないのに？　しかも冬の間って？

「酒造りは酵母という微生物の力を借ります。他の微生物は厳禁です。特に納豆菌は強く、麹室《こうじ》で繁殖してしまいます。そうすると、麹が使いものにならなくなるのです」

「そうでしたか……」

納豆菌がそんなに強力だとは知らなかった。

「ヨーグルトに含まれる乳酸菌は、この業界では〝火落ち菌〟として嫌われています。というのも、こちらはもろみをダメにしてしまうんです。ひと昔前は、火落ちすると菌を消すのに何年もかかることがあり、酒蔵が廃業に追い込まれることもあったほどで」

「廃業って！」

酒造りをする冬の間は、それらを食べられないということか。そんな繊細な配慮があるとは知らなかったので、かなり驚いた。

「わかりました。酒造りって大変なんですね」

「そうですね。微生物を扱うわけですから、温度や湿度によって調整が必要なことも多々あります。熟練の職人の勘に頼るところもありますので、機械で全部済ませることはできません」

私は深く感心してうなずいた。

「うちの職人は皆誇りを持って仕事をしています。そうした誇りを持たせてくださったのが浅葱さまです。酒造りは工程によって専門の職人がおりますが、それぞれが泉宮酒造の酒造りに唯一無二の存在なんだと、いつも言ってくださいます」

「浅葱さん、優しいんですね」

「はい。最初にそう申しましたでしょう？」

烈さんはクスッと笑うが、それがなんだかくすぐったく感じた。

「私、もっと日本酒のことを知りたくて……。酒蔵の見学はできますか？」

どんな工程があるのかも、どんな環境で製造しているのかも知らない。これからここで暮らしていくなら、そうしたことを知っておきたい。

「一般開放はしておりませんが、小夜子さまでしたら大歓迎です。あとでお越しください。私がご説明します」

「よろしくお願いします」

まだまだ覚悟が決まらないことばかりだけれど、少しずつ浅葱さんとの距離を縮めたい。そして天音さんのように彼の存在を受け入れたい。

一旦部屋に戻った私は、簞笥の中から若紫色の着物を引っ張り出して身に纏った。

寺内の叔母が時々着物を着ていたので、見よう見まねでなんとなく着ることはできたが、帯の結び方がさっぱりわからない。

「烈さん、まだいるかな……」

烈さんなら知っていそうだと帯を持って廊下に出ると、浅葱さんに出くわした。

「あ……」

「着てくれたのか。よく似合う」

彼は私の頭から足先まで視線を動かして目を細めた。

帯も締めていないのに褒められて面映ゆい。

「あのっ、着物をたくさん、ありがとうございました」

「いや。俺の自己満足だ。着てもらえてうれしい」

自己満足だなんて……。

「だが、着慣れないだろうから無理はしなくていいぞ」

「着慣れます！」

たしかに洋服のほうが着るのも簡単だし動きやすい。でも、杜氏の妻ならば着物を着こなせるようになりたい。浅葱さんはいつも和服姿だが、そのたたずまいは上品で貫禄を感じる。私も、似合うようになりたい。

「着慣れるとは……。お前はなんでも頑張るんだな」

彼はほんのり頬を緩めた。

「だ、だって……浅葱さんの着物姿、素敵、ですから」

とんでもなく恥ずかしかったけれど正直に伝えると、彼の目が大きくなった。

「まいったな。そんなことを言われたのは初めてだ」

彼は口元を押さえて視線を泳がせる。

これは、照れているのよね？

どっしりと構えてなにごとにも動じなそうな彼が、私のひと言で照れるなんて微笑ましい。

「もしかして、帯が結べなかったか？」

「はい……」

「結んでやろう。部屋に戻って」

浅葱さんが結んでくれるの？

緊張しながら部屋の中に戻ると、彼は姿見の前に私を立たせて、自分はうしろに立つ。

「結び方はいろいろあるが、簡単なものにしよう。貝の口でいいか」

「はぁ……」

と言われても、どんな結び方なのかさっぱりわからない。

「貝の口は男も使う結び方だ。俺もいつもしている」

浅葱さんは、うしろを向いて帯を見せてくれた。

おそろいの結び方なんて、くすぐったい。でも難しい方法を教えてもらってもきっと覚えられない。

「自分でできるように前で結ぶぞ」

私の背中越しに彼が帯を巻き始めた。息遣いを感じる距離に鼓動が速まるのを制御できない。

「ここをくぐらせてから引いて……」

実践しながら説明を加えてくれるが、緊張で頭に入ってこない。

「長すぎるときは内側に折り込むんだ」

淡々と作業は続くが、息がうまく吸えない私は、ただただされるがままになっていた。

「これで完成だ。帯締めをしてもいいぞ。その場合は……」

簞笥から帯締めを取り出した浅葱さんは、慣れた手つきであっという間に結び終わった。

「よし。どうだ?」

鏡越しに微笑まれたものの、私はカチカチに固まっていた。

「すまない。怖かったな」

「ち、違います」

少しも怖くはなかった。ただ、距離が近すぎて心臓がバクバク音を立て通しだっただけ。

『違います』と伝えたのに、彼は私から少し離れて距離をとる。

私……浅葱さんをとんでもなく傷つけてない？

「本当に違うんです。ちょっと緊張して……」

夫婦なのに、帯を締めてもらうだけでドキドキしているなんておかしいかもしれない。けれど私には初めての経験で、この感情の高ぶりを抑えられない。

「そうだったか」

彼は少しほっとしたような様子だった。

「あっ、えっと……。烈さんに酒蔵の見学をお願いしていて……」

「烈はさっき出ていったぞ。俺はやらねばならんことがあるから、もう少しあとで行く」

「はい。それでは行ってきます」

私は小さく頭を下げてから、部屋を飛び出した。

しまった。いっぱいいっぱいで、帯を締めてもらったお礼を言わなかった……。それもこれも、浅葱さんとの距離が近すぎて頭が真っ白になったせいだ。
「ありがとうございました」
私は真新しい草履を履いて玄関を出てから振り向き、小声でお礼を言った。すると
なぜかコハクがクゥンと鳴いた。
「コハク。よく似合うって言われちゃった……」
そんなふうに褒められた経験があまりないせいか、頬が勝手に緩んでくる。そうい
えば、白無垢を纏ったときも『きれいだ』と言ってくれたっけ……。
浅葱さんの近くにいると、千両屋で叱られてばかりだったからかゼロに近かった自
信が浮上してくる気がした。
すぐ隣の泉宮酒造の扉を一歩入ると、ふわんと甘い香りが漂ってくる。
入ってすぐのスペースには見本のお酒が並べられていて、そのうしろの壁には日本
酒ができるまでの工程がわかりやすくまとめられて展示してあった。
「槽しぼりってこんなふうにやるんだ……」
浅葱さんに教えてもらった槽しぼりの様子も、写真で紹介されている。
「このしぼる用具が舟の底に似ていることから、槽しぼりと言われています」
話しかけてきたのは、いつからいたのか烈さんだった。作業着姿に着替えている彼
は、口元を緩める。

「機械でしぼるヤブタ式より抽出に時間がかかりますので、酸化しないように気を配らなくてはなりません。こちらを担当するのが〝船頭《せんどう》〟です」

彼は書いていない説明も加える。

「職人さんそれぞれ、役割が分かれているんですね」

「はい、私は僭越《せんえつ》ながら杜氏の浅葱さまの補佐として〝頭《かしら》〟を務めさせていただいています。職人の指揮を執っているとイメージしていただければ」

酒蔵はしきたりや上下関係に厳しいと耳にしたことがある。夜逃げする職人がいるというのも、そのせいなのだろうか。

「上下関係が大変なんですね……」

「まあ、一応ありますよ。杜氏を頂点にして、頭、麹を担当する代師《だいし》、酒母《しゅぼ》担当の酛《もと》屋《や》と続いていきます。でも上下関係が厳しいというよりそれぞれの仕事に誇りを持って、責任を背負いながら仕事をしているんです。そもそも浅葱さまが偉ぶらないお方ですし」

夜逃げは噂にすぎないのかしら？　浅葱さんはちっとも冷酷ではないし。でも、どうしてそんな噂が広がっているのだろう。

「浅葱さんが厳しくて、職人さんが、その……」

夜逃げとはっきり言いだせず濁すと、烈さんはニヤリと笑う。

「浅葱さまが怖くて辞めたいと言えず、職人の夜逃げが相次いでいるという噂のことですか？」

知っているんだ。

私がコクリとうなずくと、彼は「こちらへ」と酒蔵の奥に進んだ。重そうな木の扉を開くと事務所のようになっていて、さらにその先にもう一枚扉がある。こちらはガラス張りになっていて、中で働いている職人の姿が目に飛び込んできた。

「ここで働いている職人は、最も若い職人でも五年は働いています。新人は追廻《おいまわ》しという使い走りから始めるのですが、彼はもう米洗いや蒸しを担当する釜屋《かまや》で追廻しは現在おりません。雑用は、皆で協力してやっています」

「五年……」

しっかり職人が定着しているじゃない。

「夜逃げ云々《うんぬん》の噂は、浅葱さまがわざと流されたのですよ」

「どうして？」

そんな必要ある？

尋ねると、烈さんは扉の向こうの職人に視線を送って短髪の人を指さす。

「あの、酒母室に入っていく彼が酛屋で、オオガマです」

「おおがまさん？　珍しい名前ですね」

初めて聞いた。

「いえ、名前ではなく巨大なガマガエルのあやかしの、大蝦蟇《おおがま》です」

「はっ?」

あやかし?

私が目を見開くと、烈さんは別の人物を指さした。

「そして彼が先ほど言いました一番若い釜屋ですね。彼はひとつ目小僧です」

烈さんは表情ひとつ変えずに淡々と紹介していくが、私は腰が抜ける寸前でなんとか立っているというありさまだった。

「待って……。もしかしてここにいるのは、あやっ……あや……」

「はい。職人全員があやかしです。酒蔵の仕事が忙しくなる冬場になると、幽世《かくりよ》からやってくるのです」

「幽世? 嘘……」

幽世って、本当にあるの? あやかしなのは、浅葱さんや烈さんだけじゃないの?

「浅葱さまがとんでもない暴君で、職人が次々と辞めていくという噂を流したのは、ここに人間を入れたくないからです。普段私たちは人形をとっておりますので問題ないのですが、やはり会話がかみ合わないこともあり――」

そこまで聞いたところで、耐えられなくなって酒蔵を飛び出していた。

「なんなの……」

浅葱さんが龍神だと知ったときも恐怖と疑念でいっぱいになったが、今回も同じ。泉宮家に関係する者が全員あやかしだなんて、とんでもないところに嫁いできたとしか言いようがない。せっかく、浅葱さんのことを受け入れ始めて距離が縮まってきたのに、またふりだしだ。

「ガマガエルって……」

しかも巨大だって。想像するだけで肌が粟立つ。

しかし、前回は家を飛び出して心配させたので出ていくことはせず、とりあえず気持ちを落ち着けるために隣の家に駆け込む。すると、玄関で浅葱さんに思いきりぶつかって尻もちをつきそうになり、間一髪彼に支えられた。

「危ないじゃないか。そんなに急いでどうした？」

浅葱さんは眉をひそめて心配げな視線を向ける。

「あっ、あのっ……」

職人全員があやかしだと聞いて恐ろしくなったとは言いにくい。彼もそのあやかしなのだし。

なんと説明したらいいのかと言いよどむと、足下にいたコハクが、酒蔵の方向を向いてワンとひと鳴きした。

「あぁ、聞いたのか？」

聞いた内容について触れられなかったものの、絶対に〝職人たちがあやかしだと〟という言葉が省略されていると思ったので、カクカクとうなずく。

「驚いたよな。そうだよな」

彼は不快な顔ひとつせず理解を示す。あやかしを否定するということは彼をも否定していることになるのに、寛容な人だ。と頭をかすめたが、今は衝撃で気の利いた言葉が口から出ない。

「小夜子」

浅葱さんは貴船神社の階段を前にそうしてくれたように、私の前に手を差し出してくる。

「今にも腰が抜けそうだ。俺につかまれ」

言われた通り彼の手に手を重ねると、満足そうに微笑んでいる。草履を脱ぎ、上がり框に足をのせたところで膝がガクッと落ちると、浅葱さんが腰を支えてくれた。

「俺は小夜子を驚かせてばかりだな」

「いえっ……」

この特殊すぎる状況では驚いた私が悪いとは到底思えないが、浅葱さんが悪いわけでもないような。ただ、互いの住む世界が違っただけ。

「俺はこれから人と会う約束がある。済ませたらすぐに戻るから、それまで部屋で温まれ」

職人が全員あやかしだと知りこれほど混乱しているのに、同じあやかしである浅葱さんにこうして触れられても、怖くないどころか安心感さえある。

結局、彼に抱き上げられて部屋まで運んでもらった。私を下ろした浅葱さんは、私に真摯なまなざしを送る。

「小夜子。ここに戻ってきてくれてありがとう」

前回のように逃げ出さなかったことにお礼を言われているんだ。

「浅葱さん……。あのっ」

どうしてそんなに優しいの？

口を開いたものの、続きが出てこない。心の中でいろんな感情が渦巻いていて、なにを伝えたらいいのかわからなかった。

「コハク、小夜子を頼んだぞ」

そんな私の戸惑いを承知しているのか、浅葱さんはコハクに声をかけてから出ていった。

「コハク」

私の声に反応したコハクが近づいてくるので抱き上げる。

コハクだって犬神なのに、かわいいだけで恐怖はない。天音さんが言っていたように、もっと彼らを知ればあやかしか人間かなんてどうでもよくなるというのは本当だろうか。浅葱さんについてはそうなりつつあるけれど、職人たちも同じ？

「カエルか……」

ちょっと苦手な類だ。ひとつ目小僧に関しては想像もつかないのでなんとも言えない。

浅葱さんに抱いて部屋に連れてきてもらうほど足が震えていたのに、彼が龍神だと知ったときより冷静な自分に気がつく。

「慣れてきた？」

慣れたくはないけれど、浅葱さんや烈さん、そしてコハクと接しているうちに、少しずつあやかしという存在を受け入れつつある。

「ね、大きいガマガエルってどう思う？」

コハクに問いかけると、クゥンと小さな声で鳴いた。

浅葱さんが戻ってきたのは、それから一時間ほどあとのこと。

「小夜子」

「はい。どうぞ」

障子の向こうから声をかけられ返事をすると、すぐに彼が入ってくる。離れたところにあぐらをかいたのは、あやかしに恐怖を感じている私への配慮だろう。

コハクは私の隣にちょこんと座り、浅葱さんを見つめていた。

「実は今、お前の叔父さんに会ってきたんだ」

そうだったのか。

「はい。千両屋は……?」

「うん。やはり小夜子がいなくなってから売り上げがかなり落ちているようだ。これで小夜子がどれだけ奮闘していたか、わかったのではないか?」

売り上げが下降線なのか……。私がいたときですら泉宮酒造への支払いが滞っていたのに、これからどうなるのだろう。

「小夜子は精いっぱい尽くしたのだから、気に病むことはない。努力もしないのであれば淘汰《とうた》されていくのが摂理」

彼の言葉は厳しいが、その通り。私はうなずいた。

「だが、小夜子を妻に迎えたのだからそれなりの配慮はする。当初出された支払い計画がずさんで滞っている金額が減っていかない。だから、もう少し長い目で見るから計画を練り直すように伝えてきた。酒の出荷を止めることは当面ない」

よかった。とりあえず首はつながったようだ。ホッとして大きく息を吐き出した。

「お前は優しいな」

「えっ？」

「つらい思いをしてきたのだろう？　それなのに、店の心配をしているとは」

たしかに、千両屋では頑張っても頑張っても叱られた記憶しかない。けれど……。

「千両屋を繁盛させられなかったのは、私の努力が足りなかったからです」

経営について学んだわけでもないので、どうすればよかったのかわからない。しかし、工夫が足りなかったと今でも思っている。

正直な気持ちを伝えれば、浅葱さんは目を丸くした。

「そんな後悔は間違いだ。お前は本当によくやっていた」

「でも……」

実際、泉宮酒造に迷惑をかけているのだし。

「烈がいつも褒めていたよ。行くたびにうちの酒のディスプレイが変わっているし、オリジナルのイラストを付けたＰＯＰまで作っていたんだろ？　泉宮酒造に届く酒の感想の中には、小夜子について触れているものもあるんだ」

「私？」

「そう。最近あったのは、千両屋という店で購入したが実に丁寧な説明を受けた。あの説明がなければ、この酒に出会えなかったと思う。感謝していると」

それを聞いて、胸が躍る。私は飲んだことがなかったが、他のお客さんからの口コミで絶対によいものだと思ってすすめ続けた甲斐《かい》があった。

「よかった……」

「正直、泉宮酒造の売り上げからすると、千両屋はあってもなくてもいいというほどの規模だ。新たな契約希望はいくらでも来るし、なんなら切ったほうがいいくらいだった。でも、小夜子がいるから卸し続けてきた」

てっきり古い付き合いだから取引できているとばかり思っていたのに。

「そうでしたか。ありがとうございます」

私が首を垂れると、彼はふと頬を緩める。

「お前はもう、千両屋ではなく泉宮酒造の人間だ」

そうだった。でも、やはり千両屋のことは気になる。

「まあ、そういうところが魅力的なんだが」

魅力的って、私のこと？

信じられなくてボソリとつぶやいた彼をまじまじと見つめてしまった。

「そんなに見るな」

「はっ、すみません」

指摘され慌てて視線をそらしたけれど、彼の耳がほんのり赤く染まっていたような気がした。

「しばらくは千両屋との契約は切らない。ただし、努力が見られないときはそれなりの対処をすると伝えてある。小夜子のありがたみを今頃知っても遅いと俺は腹を立てているが、当の本人は俺ほど立腹している様子もないしね」

立腹……か。さすがに浅葱さんの前で土下座をさせられたときは情けなくて涙が出そうだったが、やはり育ててもらったという恩は消えない。

「寺内の叔父と叔母が他に身寄りのない私を引き取ってくれたのは事実ですから」

「だが、最初から安い給料で働かせるためだったのでは？」

おそらく、彼の言う通りだと思う。それでもこうして生きているのだから、恨みごとなんて言えない。

「そうだとしても、助かったんです」

「小夜子……」

彼は私の返答に眉をひそめる。

「お前には幸せになる権利がある。あやかしばかりで恐ろしい思いをさせているのは承知しているが、俺が必ず小夜子を幸せにする」

熱い視線を向けられて力強い言葉を吐き出されると、心臓がドクンと音を立てる。

たしかに怖い思いをしてばかりだけれど、彼はいい加減なことを口にしているわけではないとひしひしと伝わってきた。

「私……逃げてしまってごめんなさい」

「お前が謝る必要はない。当然だ」

やはり彼はとがめない。

「カエルとか、ちょっと苦手で……。あのっ、カエルの姿に戻ったりはしないですか？」

さっき見た短髪の男性の姿ならば受け入れられるかもしれないが、目の前で巨大なガマガエルになられても困る。

「大丈夫だ。現世《うつしょ》にいて人として紛れている限り、あやかしの姿にはならん。普通の人間にはあやかしの姿は見えないが、小夜子は契りを交わしたから見えてしまうしなぁ。決して変化しないように、くぎを刺しておくよ」

「ごめんなさい……」

本当の姿にならないでくれなんて、すごく失礼なことを言っているのは承知の上だ。でも簡単には受け入れがたい。こんなことなら見えないほうがよかったとも思ったけれど、そうするとコハクのことまでわからなくなる。それは嫌だ。

「時間をください。少しずつお話しできるように努力しますから」

浅葱さんへの恐怖は、話すことで次第に薄れていった。きっとガマガエルであっても段階を踏めば受け入れられるはず……だと思いたい。

「努力とは……。お前の心遣いは本当にありがたい。しかし、我々も小夜子の気持ちは承知している。ここにいるのは苦痛ではないか？」

　彼は心配そうに尋ねてくる。

「浅葱さんや烈さんのことは、もう怖くありません。でも、酒蔵の皆さんが全員あやかしだと思うと、腰は引けます」

　隠したところでどうせ知られていると思った私は、正直に話し始めた。

「だけど、浅葱さんの下で働いているのなら、悪いあやかしなんていないはずです。だから、理解したいんです」

「無理はしなくていい。小夜子が穏やかに暮らせるのが一番だ。もう酒蔵に行く必要もない。酒造りについて知りたいのなら、俺がどれだけでも教えてやる」

　それではダメだ。私は浅葱さんの――泉宮酒造の杜氏の妻としてここにいたい。

　私はいつの間にか浅葱さんの妻という立場を受け入れていることに気がついた。決して無理強いせず常に私を気遣ってくれる彼は、素敵な旦那さまだもの。

「私……浅葱さんの妻としてできることはしたいんです。杜氏の妻になったのに、職人さんたちのことを知らずに生きていくなんてことはしたくありません」

　強がりかもしれない。他のあやかしについても知ったら、また逃げ出す可能性もある。しかし、これが正直な気持ちだ。

浅葱さんは不意に立ち上がり私の目の前までやってきた。そして、「小夜子」と切なげに囁いてから強く抱きしめてくるので、たちまち鼓動が速まっていく。

「小夜子を妻にできてよかった……。決して不幸にはしない。信じてほしい」

「はい」

返事をすると、背中に回った手に力がこもった。

逃げ出すほど怖かった浅葱さんに抱き寄せられるのが心地いい。このような心境になるなんて想定外だった。

こんなときにどうしていいのかわからず、私も恐る恐る彼の着物をつかむ。彼があやかしでなかったとしても同じようにしただろう。恋の手順なんて知らないからだ。

浅葱さんは私を抱きしめたまましばらく動かなかった。そして私も、彼の広い胸に抱かれてじっとしていた。こうされることに幸せを感じていたのだ。

しばらくして手の力を緩めた彼は、至近距離で私をまっすぐに見つめる。恥ずかしくてたまらないのに絡まる視線をほどけない。

「小夜子」

優しい声で私の名を口にした彼は、そっと頬に触れてきた。そのあと、私の手を取り指先に唇を押しつける。彼はすぐに離れていったが、私は放心していた。

嫁いだ日、契りと称して口づけを交わしたが、あれは婚姻の契約ではなく、あやかしの世界に一歩足を踏み入れるための行為だった。けれども今は……夫婦としての行いだ。

全身が火照るのは、とんでもなく照れくさい証拠。

まともに浅葱さんの顔を見ることができず視線を伏せていると、彼が口を開いた。

「コハク。夫婦には秘密があるんだぞ。そんなにまじまじと見るんじゃない」

「え……」

コハクがいることなんてすっかり忘れていた。しかも凝視されていたとは。

「今後は気を使え。さて、小夜子。昼飯はお願いしてもいいか？」

「は、はい。もちろんです」

「俺は酒蔵に行ってくる。頼んだよ」

アタフタしている私とは対照的に余裕しゃくしゃくの浅葱さんは、私の頭をポンと叩いてから出ていった。

「今、キスしたよね……」

コハクをギュッと抱きしめて思わず漏らす。

寺内の家から救い出すためだけに私を妻にしてくれたのだと思っていたが、浅葱さんの強い視線から愛情を感じて、気持ちが高揚していく。

「私……」

いつの間にか彼に惹《ひ》かれ始めているんだ……。

自分の気持ちの変化に気づきながら、彼が閉めた障子をしばらくじっと見つめていた。


翌日。私はもう一度酒蔵に足を運んだ。どうしても怖いという感情は拭いきれないので、胸にしっかりとコハクを抱いて。

入口の扉をくぐると、今日は浅葱さんが出迎えてくれた。

「小夜子。無理しなくていいぞ」

顔が引きつっていたのに気づかれたのかもしれない。

「は、はい。大丈夫です。遠くから見学させてください」

「わかった。それでは扉越しに、簡単に説明しよう」

彼は昨日烈さんが連れていってくれた扉の前に私を立たせて話し始めた。

「泉宮酒造が大量生産をしていないのは知っているな？」

「はい。あんなに売れるのにもったいないなと」

「年中酒造りをする四季醸造にしたらどうかとよく卸先から言われるが、職人のあやかしにとって、冬場以外は幽世に戻れるというメリットを捨てられないでいる」

なるほど。それもあって冬限定なのか。

「それに、金もうけがしたいというより、我々の造った酒が評価されるのがうれしいという気持ちのほうが強い。だから、これ以上販路を増やす予定もない」

通販もしないので、全国の人に泉宮酒造のお酒の品質のよさを広く知ってもらえないのは残念な気もするけれど、それが彼らのこだわりなのだから納得した。

「あっ、カエルさん……」

昨日も見た短髪の男性が歩いている。

「大蝦蟇か。一応現世では玄《げん》という名だ」

「玄さん……」

カエルだと聞かなければ爽やかな青年なのに。

「酒造りで一番重要なのは、麴造りだ。次に重要なのが、酒母を育てるという作業になる。その酛屋を担当しているのが玄。コツコツ真面目に働く優秀な職人だ。酵母は生きているので目が離せないのだが、香りや泡の立ち具合を見ながら常に品質を一定に保っている」

きっとほんのわずかな香りの変化も見逃さないのだろう。

ガマガエルと聞いて無条件に嫌悪感を抱いたことを反省した。といっても、受け入れられたわけではないのだけれど。

「なに百面相をしている」

「すみません……。玄さん、真面目な職人さんなのに怖いなんてひどいなと」

正直に伝えると、浅葱さんがふと目を弓なりに細める。

「そんなふうに思う必要はない。怖くても仕方がないさ。真面目なのは小夜子だな。でも、理解しようとしてくれてありがとう」

彼はそう言いながら、さりげなく私の腰を抱く。

夫婦といえどもまだこうした触れ合いが少ないので、いちいち心臓が跳ねる。けれども、もしかしたら触れることで恐怖を軽減させようとしてくれているのかもしれない。浅葱さんがいるなら大丈夫と思えるからだ。

「順に説明しよう。一番右手にあるのが、米を削る精米所。泉宮酒造は山田錦《やまだにしき》という酒造りに最適な米を割れないように時間をかけて精米している」

たしかその精米歩合で、大吟醸、吟醸などと区別されるはずだ。市販されている泉宮酒造の酒の中で最も高価な龍翔は、三十パーセントの大きさまで削るはず。

「その左側で米を洗って仕込み水で浸漬《しんせき》する」

ここに来たとき、飲ませてもらったあの水だ。

「吸水させる量がとても重要なので、浸漬の時間を秒単位で調整している」

「秒単位！」

それには驚愕した。それぞれの工程でそれぞれ専門の職人がいるようだが、それを見極めるプロがいるのだろう。

「酒造りはデリケートなんだ。その次は蒸し。洗米の反対側でやっている」

建物を外から見るとレンガ造りの煙突があるが、そこのことだと思う。

「最近では連続蒸米機を使う酒蔵も多いが、泉宮酒造は甑《こしき》という昔ながらの道具を使い、外は硬く内は軟らかく蒸している」

こうしたこだわりが良質のお酒を生み出しているのか……。

「今、玄が入っていったのが酒母室。その隣に麹室がある。とても重要な拠点だ。特に麹室は、温度は約三十度、湿度は六十パーセントほどに保たれるように調整してある」

浅葱さんは指さしながら丁寧に教えてくれる。

「あそこではもろみづくりをしている。酒母、麹、仕込み水、蒸米を入れて発酵させるのだが、三段仕込みという方法がとられていて、四日ほど時間をかけて仕込んだあと、大吟醸は二十五日間発酵させるんだ」

知らないことだらけで、ごく簡単に説明されているだけだろうにすべては覚えられそうにない。けれど、少しずつ勉強して浅葱さんに近づきたいという気持ちが湧き起こる。

「そして圧搾室。ここでもろみをしぼる。前にも話したが、槽しぼりという方法を採用している」

説明を聞いているうちに、玄さんが酒母室から出てきた。そして目が合ってしまったので瞬時に顔を伏せる。なんて失礼な……。と反省したものの、条件反射というやつだ。

「ごめんなさい」

「ははは。気にするな。玄もわかっている」

いつか、大切な麹室や酒母室の中も覗いてみたい。でも、それより先に職人たちに慣れなければ。

その日から、何度も酒蔵に足を運ぶようになった。

足を運ぶといっても、事務所まで。なかなか職人と接するというところまではいかないけれど、浅葱さんはそれで十分と言ってくれる。

ただ、扉越しに彼らが働いている様子を見ていると、実に真面目に、そして黙々と作業している姿ばかりで、胸を打たれるほどだった。当然、こんな職人たちに浅葱さんが声を荒らげることもなかった。

「浅葱さま。本日の蒸米はなかなかの出来です」

烈さんが事務所にいた浅葱さんのところに、〝捻《ひね》り餅〟という餅のような状態にした蒸した米を持ってきた。熟練の職人は、この状態をチェックするだけで水分量がわかるのだという。もちろん、浅葱さんも烈さんも。

「あぁ、ちょうどいい硬さだ。……なあ、弥一《やいち》の様子がおかしくないか？」

ふと顔を上げて仕事場をのぞいた浅葱さんが烈さんに尋ねる。

「本当ですね」

烈さんはすぐに弥一さんのところに走った。浅葱さんも続く。

弥一さんは以前紹介されたひとつ目小僧の喜助《きすけ》さんと一緒に、釜屋として洗米してから蒸すまでを担当している。彼は土蜘蛛《つちぐも》だという。

弥一さん、どうしたんだろう……。右手を押さえているようだけど。

彼らの様子をうかがっていると、浅葱さんと烈さんが弥一さんを連れて事務所にやってきた。

「すぐに言え！　手が使いものにならなくなったらどうするんだ！」

浅葱さんが珍しく顔をしかめて弥一さんを叱る。

「どうしたんですか？」

弥一さんとこれほど近づいたのは初めてで怖くはあったが、それよりなにがあったのか気になる。

「蒸米を取り出すときにやけどをしたんだ。小夜子、氷を用意してくれないか？」

「やけどは氷ではなく流水で冷やさないとダメです。こちらに」

気がつけば、弥一さんの腕をとっていた。そして水道の蛇口を全開にして、赤くなっている右手の甲を冷やし始める。

「冷たいでしょうけど、我慢してください」

「すみません。少し体調が悪くてボーッとしていました」

泣きそうになりながら自分の失態を謝罪する弥一さんが切ない。

「烈。お前の監督不行き届きだ。職人の健康状態は常に把握しろ」

「おっしゃる通りです。申し訳ありません」

烈さんは神妙な面持ちで頭を下げる。

「弥一。お前が体調不良でも休めない状態を作ったのは、俺の失態だ。申し訳ない」

そして驚くことに、浅葱さんまで腰を折った。

そういえば先日、所用で職人がひとり幽世に戻ったと言っていた。その埋め合わせを皆でしているので、休みづらいのかもしれない。特にもろみは昼夜関係なく発酵を続けるため、夜中も状態を見守る必要があるのだとか。彼はもろみの担当ではないけれど、おそらく交代でその役割を担っていたはずだ。

「杜氏や頭のせいではありません」

恐縮する弥一さんの手を一旦水道から外して観察する。

「痛みますか?」

「もう大丈夫です」

特に水疱《すいほう》はできてはおらず、幸いひどくはなさそうでホッと胸を撫で下ろした。念のためにさらに十五分ほど流水で冷やしたあと、弥一さんは烈さんに付き添われて酒蔵に隣接している宿舎に戻った。

「ひどくなくてよかった……」

私が漏らすと、浅葱さんは安堵のため息を漏らしてうなずく。

「もっと俺が気を配るべきだった。ひとり抜けてもなんとかなるとたかをくくっていたんだ。なんとかはなっていたが、休みたいと申し出られない状況だったんだな」

ひたすら反省する浅葱さんが痛々しい。

カエルに蜘蛛にひとつ目に……。想像するだけで恐ろしいが、職人としてひたむきに働く姿や、こうして体調を崩してしまうことなど、私たち人間となんら変わらない。とっさに弥一さんの手を取ったけれど、冷やさなくてはと必死だったため恐怖など感じなかった。

あやかしだからと身構えすぎなのかもしれない。実際、浅葱さんは怖くなくなったわけだし。

「そうやって心を痛める浅葱さんだから、職人さんたちがついてくるんだと思いますよ。起こってしまったことは残念ですが、これからを考えましょう」

「小夜子……。そうだな。もっと職人たちの声に耳を傾けるようにしよう。本当に助かった。ありがとう」

そこに烈さんが戻ってきたので、私はコハクを連れて家に戻った。烈さんと今後の対策を練るに違いないと思ったからだ。

「ねぇ、コハク。職人さんたち、本当に一生懸命だね。あやかしの姿に戻ったら多分気を失っちゃうけど、それは許してくれるかなぁ」

コハクを抱きしめて話しかけると、クゥンと小さな声で鳴き、私の頬をペロリと舐《な》める。まるで『大丈夫だよ』と言われている気がして、少し心が軽くなった。

その日から、なんと杜氏の浅葱さんまでもが夜中のチェックに加わることになった。私は現場の責任者として同じように奔走する烈さんの負担を減らすべく、家の仕事はすべて請け負うことにした。といっても、千両屋にいた頃よりずっと余裕があるので、私としては他にも彼らの力になれないかと考えている。

「おにぎりですよ。休憩できる方からどうぞ」

酒蔵の朝は早く、午後になると余裕ができる。その間に仮眠をとる職人もいるが、私は時々軽食を差し入れするようになった。

今日は浅葱さんが外に出ていて、烈さんもまだ手が離せない。だから、まともに話したことがなく、なんのあやかしかも知らない職人たちが先にやってきた。

「ありがたい。いただきます」

『怖くない』と心の中で唱えても、緊張で呼吸が浅くなりどうしてもあとずさる。しかし、三人目に弥一さんの姿があって、ようやく酸素が肺に入ってきた。

「小夜子さま。先日はありがとうございました」

「大丈夫ですか？」

「はい。手はもうすっかりなんともありません。少し睡眠が足りていなかったようです。浅葱さままで夜中にお呼びたてして、申し訳ありません」

私に謝罪なんてしなくても……と思ったけれど、妻として言われているのだと気づき、「とんでもないです」と返事をした。ちっとも妻らしいことはできていないのに……。

偶然関わった弥一さんは怖くなっている。きっと他のあやかしたちとも交流していけば大丈夫だ。

「うわ、これうまい」

今日は酒粕と味噌を混ぜたものをおにぎりの表面に塗って焼いてある。味見でコハクと一緒に食べてみたがなかなかおいしくできていたので、褒められて気分が上がる。

笑顔で感想を言い合う彼らが、私に敵対心などあるはずもない。

天音さんの言う通りかも。彼らのことをもっとよく知れば、あやかしだろうが人間だろうが、そんなことはどうでもよくなる気がした。

「小夜子さまは料理がうまいですね」

弥一さんにも声をかけられて照れくさくなった。

そこに、浅葱さんが戻ってきて目を丸くしている。

「小夜子。大丈夫か？」

その『大丈夫か』はおそらく、〝皆あやかしだけど〟ということだろう。

「変化、しませんよね？」

「当然だ。小夜子を怖がらせたら、ただじゃおかない」

私は語気を強める浅葱さんに驚いていた。

「浅葱さまの大切なお方を怖がらせるようなことはいたしません。小夜子さま、ご安心を」

弥一さんにそう言われて、コクンとうなずく。

職人たちにも、浅葱さんの妻として認めてもらえていると思うと、面映ゆくてたまらない。

「そうだ。今朝しぼった龍翔を試飲してみないか？」

「いいんですか？」

そういえば、嫁いできた日に飲んで以来、日本酒を口にしていない。浅葱さんも烈さんも仕事で試飲をよくするので、家ではあまり飲まないのだ。

千両屋にいた頃、高価なのに何度も買い求めるお客さんがいたことを思い出し、期待が高まる。泉宮家で最初にいただいたお酒が最高に贅沢な品ではあったが、龍翔も飲んでみたい。

「もちろんだ。弥一、俺の分のおにぎりは残しておけよ」

浅葱さんはそうくぎを刺したあと、ひとりの職人にお酒を持ってくるように言いつけ、私を伴って見本の商品が陳列してあるスペースに戻った。そして、奥にある扉を開ける。

「ここは？」

てっきり倉庫かなにかだと思っていたそこは、テーブルとイスがいくつか並んでいるだけの三十畳ほどはありそうな広い部屋だった。

「以前はここで職人たちが食事をとっていたんだ。今は宿舎に食堂を作ったから使っていない」

そう言われて見回すと、奥にキッチンスペースがある。使っていないのがもったいないないくらいだ。

「お待たせしました」

浅葱さんは入口で龍翔を受け取り、扉を閉めた。ここに移動したのは、あの場では私の緊張が解けないと感じたからかもしれない。

私がイスに座ると、彼も隣に腰かける。

「ここでは風情もないが、味は保証する」

利き酒用の、底に青い二重丸が書かれたお猪口《ちょこ》に注がれたお酒の香りをかいでみる。

「以前いただいたお酒よりシャープというか……」

なんと表現したらいいのかわからないけれど、違いははっきりとわかる。

「少し辛いかもしれない。といっても、飲みにくくはないと思うが」

「いただきます」

私は口に含んでよく味わってから飲み込んだ。

これが辛口ということか……。

「コクがあっておいしい」

私に正しい品評などできるはずもなく、ド素人の感想だった。しかし浅葱さんはうれしそうに頬を緩める。

「小夜子に認められると、かなりくる」

くる？

よく意味がわからず彼を見つめていると、再び口を開いた。

「お前に認められるのが一番幸せだ」

「私、まだ初心者ですよ？」

「そんなことはわかっている。でも、うれしいものはうれしいんだ」

私は彼の白い歯がこぼれるのがうれしい。夫婦としての距離が縮まっていくようで、感激だった。

「もっと勉強します」

「もう十分だよ」

不意に肩を抱かれたせいで、ビクッとしてしまった。

「すまない。嫌だったか？」

「いえっ。驚いただけで」

「俺には無理しなくていい」

と言いつつ、どこか寂しげだ。

「本当です。……は、恥ずかしいだけで」

本音を漏らせば、彼は目を見開いて私を食い入るように見つめる。

だから、そうやって見つめられるのも恥ずかしいの。

「よかった。それでは、慣れよう」

「慣れる？」

今度は腰を抱かれて、激しく打ち始めた心音に気づかれないか心配になるほどだった。まだまだ未熟な妻だけど、こうやって少しずつ浅葱さんに寄り添っていけるだろうか。

「あ、あのっ。龍神と人間が結婚ってあやかし界ではありなんですか？」

今さらだし、天音さんは鬼神である成清さんと結婚すればいいのになんて勝手なことを思ったのは棚に上げて尋ねる。

烈さんをはじめとした職人たちは、私が人間だと知っても拒むそぶりはない。でも、泉宮酒造と関係がないあやかしたちにとってはどうなのだろうと気になるのだ。私は拒否から入ったのだし、逆に人間が嫌がられてもおかしくはない。

「双方がよければいいだろうな。そもそも俺の祖父は龍だが、祖母は人間だ」

「え……」

おばあさまが、人間？　彼には人間の血が入っているの？

驚きを隠せない。

「ちなみに雲龍庵の成清は、父が鬼で母は人間の半妖だ」

成清さんも？　そういえば天音さんもほんの少しあやかしの血が入っているらしい

と話していたような。

「そう、なんですか……」

「珍しくはあるが、驚くほどのことでもない。小夜子がよければ問題ない」

私がよければ……。

そんな発言に心臓をわしづかみにされたように苦しくなる。彼はずっと私の気持ちだけを考えてくれていたのだ。

「私、まだ戸惑いばかりですけど、浅葱さんに嫁げてよかったと今は思っています」

「小夜子……」

目を丸くする彼が顔を覗き込んでくるので、照れくさくて伏せ気味になる。

「浅葱さんや職人の皆さんがあやかしの姿になったら、また逃げてしまうかもしれません。でも、皆さんが私を温かく迎えてくれているのを感じてうれしくて……」

「当然だ。皆、小夜子が来るのを待っていたんだぞ」

「待っていたって？」

浅葱さんが思いがけないことを口走るので、首を傾げる。

「これは言うつもりはなかったんだが……」

なぜかバツの悪そうな顔をする浅葱さんは、意を決したように話し始めた。

「小夜子のことを知ったのは、烈が助けられたときだった。それから小夜子のことが気になり、回復した烈に動向を追って報告させるようにしたが、烈は興奮気味にとんでもなく真面目で優しい人だと訴えてきて……」

「え……」

「実は俺も気になって、こっそり千両屋を覗きに行ったことがある」

彼が千両屋に？　全然知らなかった。

「ちょうど、客に暁光をすすめているところを見かけて、泉宮酒造の商品を生き生きと、しかも自信いっぱいに語る様子が印象的だった」

「そんな。恥ずかしいです……」

飲んだことすらなかった私の知識なんてたいしたことがないのに、それを杜氏に見られていたとは。

「そのあと、店の仕事を次々に言い渡されても笑顔を絶やさず、『はい』と返事をして黙々と働く姿に、烈が言っていたことが間違いではないと感銘を受けた」

「大げさですよ」

必死に働いてきたつもりではあるけれど、店の経営は傾いているのだし。

「小夜子は十分すぎるほど頑張っていたよ。俺たちが造る酒を、それほどまで熱心に売り込んでくれるお前のことは、職人たちの間でも話題になってね。それから俺は何度も小夜子の様子を眺めに行った」

だ」

「そのうち、寺内の家で肩身の狭い思いをしているということがわかって、なんとかならないものかと烈に相談していたら、もう妻として迎えたらいいのにと言われたんだ」

「そうでしたか……」

烈さんに？

仰天していると彼は続ける。

「烈も職人たちも、俺が小夜子に心を奪われていると勘づいていたようだった。まあ、気づかれるのも無理はないな。女のところに通ったことなど一度たりともなかったのだから」

「通ったって……」

顔を合わせたこともなかったのに？　それに、私に心を奪われていたって？

私は信じられず、何度も瞬《まばた》きをして彼を見つめていた。それが本当の話なら、最初から支払い云々なんて関係がなかったということだ。

そのとき、天音さんの話が頭に浮かんだ。彼女はたしか、寺内の叔父に私か亜紀さんのどちらかを嫁にと申し出たがそれは賭けで、もし叔父が迷ったら私を妻にすることをやめるつもりだったと言っていた。とはいえ、叔父が亜紀さんを指名する可能性もあったはずだ。もしそうだとしたら、今頃ここには亜紀さんがいたのではないの？

「でも、亜紀さんでもよかったんじゃないですか？」

思わず声が大きくなる。すると彼は一瞬驚いた様子だったが、ゆっくり首を横に振る。

「俺が小夜子か亜紀さんのどちらかを嫁に欲しいと言ったことを聞いたのか？」

「はい」

「そうか。それは本当だ。でも、迷うかどうかを知りたかっただけで、亜紀さんを差し出すことは絶対にないとわかっていた。ただ、寺内家の人たちの小夜子への気持ちを測りたかったんだ。暴君だと噂が立つ俺に嫁がせたい親なんていないだろうからね。それでお前が傷ついたなら申し訳ない」

それじゃあ、天音さんが言っていたことはあながち間違いではないけれど、嫁に差し出すならば私のほうだという確信が浅葱さんにはあったのか。寺内家で今後も窮屈な生活が続くなら引き受けると、彼は本当に私のことだけを考えて嫁入りを申し出てくれたんだ。

「傷ついたりしてません」

むしろ、彼が私を妻にしたかったとはっきりわかって、喜びを感じている。

「そうか。よかった」

彼は酒蔵にいるときは破顔して笑うことはないが、私とふたりきりだといつも口角が上がる。こういう姿が見られるのは、妻の特権かも。あやかしの姿を目の当たりにしたら気絶するかもしれないけれど、浅葱さんと一緒に生きていこう。

「このスペース、もったいないですね」

「ん？　そうだな……」

彼は初めて気がついたというような表情で、ぐるりと見回す。

「泉宮酒造のお酒を、もっと知ってもらいませんか？　たとえばここにしかない生酒《なまざけ》を試飲できる場所にするとか……」

生酒は新鮮な香りと味が楽しめる一方で、火入れという作業をしないために劣化しやすい。そのため、お願いしても泉宮酒造は卸してくれないと叔父が話していた。

千両屋に龍翔を買い求めに来るお客さんが、『もっとこの酒のよさが広まるといいのにねぇ』と言っていたのを思い出したのだ。

「あっ、人間と関わりあいたくないですよね」

だから、冷酷非道だという噂を流して寄せつけないようにしているのだし。

「いや。そういうわけではない。烈は人間の相手もお手のものだが、職人の中には会話が苦手な者もいて、そうしているだけだ。四六時中一緒に働くという濃厚な接触がなければ問題ない」

そういえば、会話がかみ合わないと困るのでと烈さんも言っていた。職人たちは冬の間だけ幽世からやってくるようなので、こちらの世界のことで知らないことがたくさんあるのだろう。だからまったく人間がダメというわけではないのかもしれない。

「それだったら、やりましょうよ。泉宮酒造のお酒、すごく評判がいいんですよ。本当は通販してほしいくらいですけど、酒蔵の規模からしてそれは難しいですよね」

私が問うと、彼はうなずく。

「こだわりを捨てて量産すればできるかもしれない。でも、そうすると泉宮酒造の酒でなくなる」

もともと、大もうけを狙っているわけではないから、今のこだわりのスタイルで十分だ。私もこの味は守ってほしい。ただ、このおいしさをひとりでも多くの人に知ってもらいたい。

「たとえばここでは一杯いくらとお代をいただいて、気に入ったら商品を購入してもらうとか……。あっ、そうだ。どうせなら簡単なおつまみのようなものが出せるといいですよね。居酒屋とまではいかなくても、酒の肴《さかな》として一緒に味わってもらうのはどうでしょう？」

想像していると楽しくて、勝手なことをぺらぺらと話してしまう。

千両屋でも店舗のちょっとした改装について叔父や叔母に提案したこともあったが、お金がかかりそうなことはやらせてもらえなかった。だから、せいぜい商品の陳列を変えたり、ＰＯＰを作ったりという細々《こまごま》とした改善のみで、これほど大胆な提案は初めてだった。

「面白そうだな」

「本当ですか？」

ダメ出しされるのではと身構えていたけれど、浅葱さんの表情は明るい。

「龍翔のような高い酒は、手を出すことをためらう人もいる。でも、一杯飲めば、その価値がわかってもらえるはずだ」

その通りだ。あまりに高価なので、口に合わなかったらもったいないと尻込みするお客さんも多かった。その一方で、一度その味を知ったらこれしか飲めなくなったと言う人もいた。

「はい。千両屋のお客さんでも、気になってはいるけど失敗するのが怖いとあきらめる方もいたんです。だから、まずは一杯飲んでもらえたらと思って」

「いいアイデアだ。職人たちとも相談しよう。だが、酒の肴を作るとすれば烈くらいしかできないな。あいつには頭としての仕事もあるし、これ以上の負担は……」

「私ではいけませんか？」

興奮気味に尋ねると、彼は眉を上げた。

「小夜子が作るのか？」

「はい。もともと料理は好きですし、烈さんに教えてもらってお客さんに出せるように精進します。少し時間をもらえたら……」

もしかしたら千両屋にいた頃よりも忙しくなるかもしれないけれど、私の心は弾んでいた。お客さんが喜ぶ顔を見たいからだ。

「お前は本当に……」

あれっ、あきれてる？

なにかおかしな提案をしたかしらと心配になったものの、浅葱さんの表情は変わらず柔らかい。

「努力家なんだな。せっかく忙しい日常から逃れられたのだから、なにもしなくてもいいのに。烈の代わりに家の仕事をすべて引き受けると言いだしたと思ったら、酒の肴を作るとまで……」

たしかにここに来る前は休む暇もないほど忙しかった。けれど、やりたいことを目の前にしたら、うずうずしてゆっくりなんてしていられない。

「職人の皆さんが情熱を注いだお酒を売るお手伝いができたら、私もうれしいんです。酒粕を使った料理なんかもいいですよね。ワクワクしてきました」

以前、烈さんが作ってくれたシチューは本当に優しい味で、何度でも食べたくなる一品だった。他にも珍しい食べ方があるかもしれない。

「そうか。早急に検討しよう。だが、無理はするな」

「浅葱さま」

そのとき、引き戸が開いて玄さんが顔を出した。

「カエルさん……」

玄さんとはまだ会話を交わしたことがなく、遠目でしか見たことがない。その彼が数メートル先にいて肩に力が入る。

「なんだ？」

「チェックをお願いします」

「わかった。すぐに行く」

浅葱さんの返事を聞いた玄さんは去っていったが、ふー、と小さく息を吐き出したのに気づかれてしまった。

「カエルは苦手だったたな」

「ごめんなさい……」

「いや。そのうち話せるようになるさ。蜘蛛はもう平気そうだし」

たしかに、弥一さんへの警戒心は消失している。一度でも関わって言葉を交わせば安心できるのだろう。ただ、その言葉を交わすのにとてつもない勇気が必要なのだけど。

「そう、ですね。あっ……」

そのとき、浅葱さんが私をグイッと引き寄せて額に額を合わせた。吐息を感じるほどの距離に、瞬時に頬が赤らむのを感じる。

「他のあやかしたちと打ち解けても、小夜子の夫は俺だ」

浅葱さんの甘い独占欲に、言葉が出てこない。

私からゆっくり離れた彼は、熱い視線はそのままにそっと私の唇を指でなぞる。

なに、これ……。もう息が止まりそうだ。

「そろそろ行かねば。コハク。小夜子が無理をしないように見守り役を頼んだぞ」

唖然としていると、彼は足下に座っていたコハクを抱き上げて優しく頭を撫で、私に引き渡してから「行ってくる」と言い残して部屋を出ていった。

「あっ……行ってらっしゃい」

完全に戸が閉まってから声がようやく出たが、届いただろうか。

「コ、コハク。そんなに見ないでよ」

コハクが私を凝視しているのに気づいて、慌てて顔を背ける。絶対に真っ赤になっているはずだから。

私は浅葱さんの指が触れた唇を無意識に撫でながら、一旦家へと戻った。

その日からレシピを考え始めた。まだ私の意見が通るとは決まっていないのに気が早いかもしれない。でも、もし計画が反対されても、料理を覚えて困ることはない。

近所の書店で料理の本を買い込んできて、自室にこもってまずは目を通す。

「これ、おいしそう。ね、コハクはどれが気になる？」

私の隣で熱心に料理本を眺めているコハクに尋ねても、答えは返ってこない。

「そうだなぁ。日本酒に合う料理か……。お酒が主役なんだから、料理は背伸びしなくていいよね。あくまで脇役で」

私は料理人ではないし、お酒が進む料理を作ればいい。純粋に料理を楽しみたい人は、それなりの店に行くだろうし。

「とにかく作ってみようか」

浅葱さんや烈さんの意見を聞いて、メニューを決めていこう。

その日の夕食にこしらえたのは、冷ややっこのなめたけ風味。冷ややっこを少しくぼませたところにうずらの卵黄をのせて、それを取り囲むようになめたけをオンしてねぎを散らし、ほんの少し醬油《しょうゆ》を垂らした一品だ。すごく簡単にできるのに濃厚で、お酒も進むのでは？　と期待している。

「小夜子さま。これはなかなかいいですよ！」

台所でひと口味見してくれた烈さんが、うんうんと小さくうなずいている。

「よかったー。浅葱さんにも食べてもらおうと思って」

「はい。龍翔もご用意します」

烈さんがあの高級な龍翔を出すというので慌てる。

「い、いえっ。そんなにお高いものを……」

だってただの冷ややっこだよ？

「あはは。売るほどありますので大丈夫ですよ」

そりゃあ売っているのだからそうだけど。

烈さんは一旦酒蔵にお酒を取りに向かった。

夕食は相変わらず浅葱さんとふたりで。烈さんを誘っても、決して一緒に食べようとしない。それどころかコハクまで連れていかれてしまう。

「新婚さんの邪魔をするほど野暮《やぼ》じゃないですよ」と笑うが、そういう雰囲気でもないのに。と思ったけれど、唇に触れた浅葱さんの指の感触を鮮明に思い出せる私は、言い返すこともできない。

「この冷ややっこ、うまいな」

「ありがとうございます！」

龍翔を〝冷や〟でたしなむ浅葱さんは、お豆腐に合格を出した。

「小夜子の作る料理は、なんでもうまい」

そして私をまっすぐに見つめて囁くので、目をそらしてしまった。これが新婚らしいやり取りなのだろうか。照れくさくてたまらない。

「えっと……。他にもいろいろピックアップしてあるので、少しずつ作りますね。烈さんに酒粕を使った料理も教わりましたし」

酒粕につけたフライドチキンや、バゲットに酒粕と練りごまのペーストをのせた酒粕トーストなど。簡単でしかもおいしいレシピをいくつか聞いてある。なんでも酒粕はデザートにも使えるらしく、これは店のメニューにするとか関係なく個人的に興味があるので作ってみるつもりだ。

酒粕を使うと、コクが出るという。しかも、栄養素も豊富に含まれていて、お肌にもいいとか。女性におすすめしたいと密《ひそ》かに思っている。

「ここに来てから一番いい顔をしている」

「あ……」

たしかに浮き立っていると自分でも思う。寺内の家にいた頃は淡々と調理していたのに、嫁いできてから浅葱さんや烈さんに褒めてもらえるからか、台所に立つとワクワクする。でも、夫である浅葱さんと話しているときより料理のほうが楽しいと指摘されているのでは？　と焦った。

「ごめんなさい、私……」

「なにを謝っている？」

浅葱さんは不思議そうに私を見つめる。

「浅葱さんとお話をする時間も、た、た……楽しいですよ？」

ダメだ。誤解を解きたくて思いきったのに、すさまじく棒読みになってしまった。

私の発言に、一瞬不可解な表情を見せた彼だけど、しばらくすると小刻みに肩を震わせ始め、頬が緩んだ。

「ちっとも楽しそうじゃないぞ」

「楽しいですって！」

「冗談だ。うれしいよ、小夜子」

突然真顔に戻った彼に熱い視線を向けられては、心臓が口から飛び出してきそうなほど暴れだす。

これが、恋というものかしら……。経験がないのでよくわからない。しかも、すでに夫となった人に恋をするなんて、間が抜けているような気もするし。

「もっと、ふたりの時間を持とうか」

「えっ？」

「俺はそうしたい」

ずっと、龍神である浅葱さんのことを受け入れられない私と距離を保ってくれていた彼には、感謝しかない。その彼が望むなら、そうしよう。

「はい。よろしくお願いします」

「うん」

浅葱さんは満足そうにうなずき、もう一度冷ややっこを口に運んだ。


その晩。浅葱さんは私の部屋にやってきた。私との時間を持つためだ。

彼の姿を見て緊張を隠せないのは、彼が龍神だからではなく、夫だから。浅葱さんに好意を持ち始めた私には、ふたりきりになることがとてつもなく恥ずかしい。

「コハク。小夜子は無理していないか？」

カチカチになっている私を和まそうとしたのか、隣であぐらをかいた彼はコハクを抱き話しかけている。クゥンと鳴くコハクは、彼と会話を交わせるのだろうか。

「浅葱さんはコハクの言葉がわかるのですか？」

「いや。だが、こちらの言葉はわかっているぞ、きっと」

そうなんだろうな。コハクは浅葱さんや烈さんの指示にきちんと従うし、私が「おいで」と声をかけると、うれしそうに駆け寄ってくる。

「お前がうらやましい。いつも小夜子のそばにいられるのだからな」

そのあと、コハクに漏らした彼のひと言に目を瞠る。まさか、そんなふうに思っているとは。

「浅葱さんには杜氏としてのお仕事がありますし」

「小夜子が酒蔵で料理を出してくれるようになったら、もう少し近くにいられるな」

たしかに、物理的には近くにいられる。でも、それほど私の近くにいたいと望んでいたとは知らなかった。

「あ、浅葱さん」

「ん？」

「私は妻なんです。たしかに、龍神だと聞いて完全に腰が引けていましたけど、もう大丈夫です。だから……」

それ以上言葉が続かなかったのは、彼に突然抱き寄せられたからだ。浅葱さんの膝の上にいたコハクは、ピョンと飛び跳ねて下りた。

「怖がらせてすまない。でも、俺は小夜子を幸せにしたい」

彼の強い気持ちに、目頭が熱くなる。

彼が龍神であることは努力では変えようがない事実なのに、謝る必要はない。ただ、幽世やあやかしの存在を知らなかった私の心の準備に時間がかかっただけ。

もしかしたら人間より慈悲深く、誠実な彼と一緒に歩いていくことに今となってはためらいがなくなりつつある。

「……はい」

「結婚が先になってしまったが、少しずつ心を通わせていきたい。嫌なことはなんでも言ってほしい」

「浅葱さんだって」

私のことばかり気遣うけれど、彼も戸惑うことがあるはずだ。

「俺はなにもないよ。ただ、小夜子がここにいてくれるのがうれしい」

耳元で囁く彼の声が心地いい。浅葱さんに見初められてよかったと心から感じた。


「浅葱さん、朝食です」

翌朝。私は浅葱さんの部屋に声をかけに行った。いつもは烈さんが起こしていたので初めてだったが、妻の仕事ではないかと思ったのだ。

彼はまだ寝ぼけ眼のまま顔を出す。烈さんに、浅葱さんは朝が弱いと聞いていたが、その通りだった。いつもの凜としたたたずまいが見られない。けれど、こうやってちょっと気を抜いている姿を見られるのも、彼の妻になれたからこそだ。

「おはよう、小夜子」

「おはようございます。今日はいい天気なのでお布団を干しますね。朝食ができていますから、顔を洗ってきてください」

矢継ぎ早に話し、部屋に足を踏み入れる。

浅葱さんが少し前まで寝ていた布団は温かく、なぜかドキッとする。夫婦なのだから同じ部屋で眠ってもおかしくはないのに、彼はそれを求めてこない。きっと遠慮しているのだろう。とはいえ、唇に触れられるだけで卒倒しそうな私には、一緒に寝ましょうなんてとても言えない。

「ゆっくり……」

浅葱さんの布団を抱えながら自分に言い聞かせるようにつぶやくと、布団が軽くなったので驚いた。

「なにがゆっくりなんだ?」

顔を洗いに行ったと思っていた浅葱さんが、まだいたのだ。

「えっ、そんなこと言いました?」

「そう聞こえたが、聞き間違えか……」

思いきりとぼければ、なんとか納得したようだ。

「自分の布団くらい自分で運ぶ。お前は働きすぎだ」

軽々と布団を抱えた彼は、庭先に運んでいった。

朝食を済ませたあとは、酒蔵に酒粕をもらいに向かった。すると玄さんが事務所にいて一瞬顔が強《こわ》ばったけれど、勇気を出して話しかけることにした。

「あのっ、酒粕でお料理をしたいので分けていただけませんか?」

「もちろんです。龍翔の酒粕がいいですよね」

あれ、意外にもにこやかだ。

「玄さんのおすすめのもので」

「わかりました」

彼はすぐに仕事場に入っていき、袋に酒粕を入れてきてくれた。

「こちらが龍翔。こっちは星芒の酒粕です。私には料理のことはよくわからないので、両方持っていってください」

「ありがとうございます!」

あんなに身構えていたのに、まったく違和感なく話せる。食べものに食わず嫌いがあるように、言うなれば〝話さず嫌い〟だったのかもしれない。といっても、人形だからだろうけど。

「私のこと、怖い、ですよね……」

聞いているのか。

「ごめんなさい。でも、大丈夫みたいです」

「いえ、当然です。浅葱さまと契りを交わされたのなら、街に浮遊しているあやかしたちも見えますよね」

「そう、ですね」

外出するのはスーパーや書店くらいなのでまだあまり遭遇してはいないが、それらしき姿は目撃している。浅葱さんに、時々悪さをするあやかしもいるから気をつけろとは言われているものの、さほど近距離に近づいたことはなく、被害もない。

「コハク。小夜子さまをちゃんとお守りするんだぞ」

玄さんはしゃがみ込んで、コハクに声をかけた。

優しいあやかしなんだ……。やはり勇気を出して関わってみると印象ががらりと変わる。

それにしてもコハクという名前は広まっているようだ。烈さんに聞いたのだろうか。

「この子の名前までよくご存じなんですね」

「そりゃあ、浅葱さまが小夜子さまとコハクの話をよくされますから」

「浅葱さんが？」

てっきり烈さんかと。

「はい。もともと寡黙な方なのですが、ふとした瞬間に小夜子さまのことを口にされるんです。浅葱さまがあんまり穏やかなお顔で話されるので、皆、小夜子さまが嫁入りを承諾してくださってよかったと言っているんですよ」

浅葱さんが私のことを話しているなんて知らなかった。

「なにを話しているんですか？」

「小夜子さまの料理はどんな店のものよりうまいとか、笑顔を見られたとか、あとは……」

「あぁっ、もう大丈夫です」

聞かなければよかった。恥ずかしくてたまらない。笑顔を見られたって……そんな些細《ささい》なことまで口にしているとは。

けれど、それを喜んでくれているとしたら、彼から離れることに躍起になったことを申し訳なく思う。仕方がなかったとはいえ、傷つけただろうな。

「そうですか」

「そういえば、浅葱さんは？」

私より一足先にここに向かったはずだけど、姿が見えない。

「朝のお勤めですよ」

「朝のお勤め？」

なんのことだろう。

「ご存じなかったですか？　日本酒は基本、水と米でできています。だから水はとても大切で、浅葱さまはその管理をされています」

それは聞いているが、具体的になにをしているのかは知らない。

「龍神さまは、水を司るあやかしです。もともと伏見の辺りは良質の伏流水が湧き出ることで有名ですが、その湧き水に浅葱さまが吐息を吹きかけられますと、さらに濁りのないまろやかな水となるんです。毎朝その儀式と、神に感謝を伝えるべく龍神さまを祀る貴船神社の方向に感謝と祈りをささげています」

挙式した貴船神社は、それほどまでに縁のある神社だったのか。

「吐息を吹きかけるって、まさか龍の姿で？」

「いえ。浅葱さまは私たちとは格が違います。我々は、あやかしの姿のほうが力を発揮できますが、浅葱さまは変化されなくても十分です。もし龍神のお姿になられるとすれば、天変地異をひっくり返すようなときだけですね。最近ではお見かけしませんが……」

天変地異をひっくり返すなんてことまでできるの？　自然現象までも操れるということ？

彼がそんな能力を持っているとは初耳だ。

「それはすごいですね」

「はい。浅葱さまの下で働けるのは私たちの誇りなんです」

すっかり恐怖心が飛んでいった玄さんと話していると、酒蔵の奥の扉が開いて浅葱さんが姿を現した。儀式が終わったようだ。

彼は私に気がつき、事務所までやってくる。それと入れ替わりに玄さんが仕事に戻っていった。

「玄と話していたのか?」

「はい。酒粕をいただきに来たんです。カエルさん、怖くなかったです」

「それはよかった」

後半を小声で伝えると、彼は目を細めてうなずいた。

試飲スペースを作るという話は、職人たち全員から賛同してもらえて進めることになった。私は早速改装案を作り、毎晩部屋に来るようになった浅葱さんに見てもらうことにした。

「ここをカウンターにして、お酒とお料理の注文を受けるんです。それでセルフ方式にしようかと」

セルフにしようと思ったのは、従業員をお願いすることが難しそうだからだ。このスペースにお客さんを招いたとしても仕事場のほうには入れないので、職人たちとの接触は避けられる。でも、手伝ってもらうとなるとどうしても話す機会が生じてしまうので困る。それなら、お客さん自身にしてもらおうと。

「どれくらいの客が来るかは未知数だが、多ければ小夜子ひとりでは難しいな。休憩すらできない」

人にも慣れていて、浅葱さんと一緒に泉宮酒造の営業のようなことも担っている烈さんが手伝ってくれたら助かるけれど、頭としての仕事をおろそかにしては困る。しかも、今は職人の手が足りないくらいなのでとても頼めそうにない。

「うーん」

せっかく話が盛り上がってきたのに、無謀な挑戦だったのかもしれない。泉宮酒造の日本酒の素晴らしさを、もっと知ってもらいたかったのにな。

「声をかけてみるか」

「声？　誰か頼める人がいるんですか？」

「あやかしだけどね」

浅葱さんは私の顔色をうかがうように小声で囁く。

そう、なるよね……。

「川姫《かわひめ》という、あやかしの姿も人間に近い者がいる。水に関わるあやかしで、昔から現世に住みついていて交流があるんだ。川姫なら、さほど抵抗はないのではないか？」

たしかに、人間に近い容姿で浅葱さんが信頼を置いているあやかしなら大丈夫かも。

「そう、ですね……」

「多少癖が強いが、人当たりはいい。ただ料理はできないだろうな。接客だけになると思うが」

私が料理に専念すればいい。あくまで試飲が目的なので種類を豊富にとは考えていないし、調理も簡単にできるものにしようと思っているため店を回せるのではないかと思う。

「お願い、しましょうか」

初めて会うあやかしにはまだ緊張する。けれど、浅葱さんが信頼するあやかしに悪い者はいないとわかってきたので大丈夫かも。それより、せっかく話が進行しているのだからやってみたいという気持ちが勝った。

千両屋では意見しても叶わないことばかりだったのに、やりたいことを許されるのは楽しい。

「それでは、すぐに話をつけよう。でも……」

なぜか彼が眉をひそめる。断られる可能性があるということ？

「頑張りすぎる小夜子が心配だ。お前が倒れでもしたら、どうしたらいいかわからない」

え……。

まさかの発言に目を丸くする。浅葱さんは心配性なのか、過保護すぎると思う。

「大丈夫ですよ？」

「お前の大丈夫は、我慢してその上での大丈夫だろ？　もう我慢しなくていい。まあ、夫があやかしではそうもいかないだろうが……」

我慢してその上で、か。無意識だったけれど、千両屋にいた頃はそうだったかもしれない。我慢してというか、必死にやっても足りなくて……という感じではあるけれど。それを見ていた彼は心配なのだとわかった。

「困ったら、浅葱さんにちゃんと言います。それに……。旦那さまがあやかしでも、人間より……そのっ、や、優しいですし……わ、私は浅葱さんのそばにいられて、し……あわせですよ？」

こんなことを口にするのは恥ずかしすぎて、しどろもどろになる。しかし、いつまで経《た》っても龍神であることを引け目に思っている彼に、きちんと気持ちを伝えておきたいと勇気を振り絞った。

「小夜子……」

「それに、ほら。浅葱さんは職人さんたちから尊敬されてますよね。私、妻として鼻が高いというか、誇らしいというか……。とにかく、浅葱さんの妻になれてよかったと思っていて……」

「今日は饒舌《じょうぜつ》なんだな」

「あっ」

恥ずかしくてなにか話していないと落ち着かないのだ。でもそれを指摘されると、穴があったら入りたい気分で視線を伏せた。

「そんなお前も愛《いと》おしい」

愛おしい!?

意外な言葉に驚き顔を上げると、肩を抱き寄せられて体がこわばる。

「こういうことにも少しは慣れて」

私の耳元に口を寄せる彼は、艶っぽい声で囁いた。

「す、すみません」

「謝る必要はないが……」

肩を震わせる浅葱さんは、最近ますます笑顔が見られるようになった。少しずつ心が解けあってきたように感じるのがうれしい。

結婚後に恋を始めた私たち。普通の夫婦とは違うけれど、まだまだこれから楽しいことが待っていると思うと笑みがこぼれる。

「おやすみ、小夜子」

「はい。おやすみなさい」

浅葱さんは私の額に唇を押しつけてから部屋を出ていった。

「あ……」

私は彼の背中を放心したまま見送り、唇が触れた額を押さえる。

「キス、されちゃった……」

夫婦なのに額にキスくらいで動揺するなんておかしいのかもしれない。けれども、そうしたことに免疫がない私は、たちまち全身が熱くなってしまう。

それからすぐにコハクが部屋に入ってきた。

最近は寝る前に浅葱さんと話をするのが日課になっているが、そういえばその間は必ずいない。浅葱さんに言われているのか、烈さんか……。

やっぱり彼との時間を見られるのは照れくさいので、助かるけれど。

「コハク。み、見てないよね？」

――クゥン。

おそらく私の言葉を理解しているコハクは、ちょこんと座り鼻を鳴らす。

「あ、あのね……。私、浅葱さんが旦那さまでよかった」

逃げ出しておいてなんだけど、それが今の偽らざる気持ち。浅葱さんの私への愛を感じるからなおさらだ。

「ちゃんと奥さんできるかな。泉宮酒造の杜氏の妻って、結構重荷よね？」

話しかけても、琥珀色の目をクリクリさせて私を見つめているだけだ。

「重荷だけど、嫌な重さじゃないかも」

本音を漏らすと、コハクが小さくワンと鳴いた。


川姫の珠緒《たまお》さんに会ったのは、それから三日後。紺藍色の着物を色気たっぷりに着こなしたとんでもない美女で驚いてしまった。浅葱さんと並ぶと、美男美女のカップルという感じで、神々しい。

私が妻で大丈夫？

「小夜子さまですね。初めまして、珠緒です」

指先まで神経が行き届いた所作は美しく、完全に女性として負けている。

「初めまして。小夜子です。無理なお願いを聞いていただき、ありがとうございます」

初対面のあやかしでもさほど警戒心を抱かないのは、職人たちが皆いいあやかしだったからなのかもしれない。いや、あやかしの姿も人に近いと聞いたからか……。

「ねぇ、帯が緩くない？」

珠緒さんはいきなり私の帯に手をかけてするすると解いたあと、簡単に着物の乱れを直して結び始める。

「珠緒。小夜子はお前と違って繊細なのだから、乱暴にするなよ」

浅葱さんが止めるのもどこ吹く風。思いきりギューッと締められた。

ちょっと苦しい。でも、お腹のあたりのもたつきが解消した。

「杜氏の妻なら着物くらい着こなせなくちゃね。この着付け、自己流でしょう？」

「は、はい」

帯の結び方は浅葱さんに教えてもらったが、着付けを習ったわけではない。やはり酒蔵の頂点に立つ人の妻ならば、着物の着こなしにも気を配ったほうがいいのかも。

「浅葱さま、彼女には随分甘いのね。惚《ほ》れた弱みっていうやつかしら？」

「だから、珠緒。お前は昔から言葉がとげとげしいと言ってるだろ」

浅葱さんが、ふぅとため息をついている。

「でもねぇ。あの浅葱さまが女にうつつを抜かすなんて」

珠緒さんは浅葱さんの注意なんて聞こえなかったように、次々と爆弾発言を落としていく。

それにしても、浅葱さんがうつつを抜かすって……。

「小夜子が引いているだろ。お前は見た目とのギャップがすごい」

たしかに。容姿や所作からすれば奥ゆかしいお嬢さまという感じだけれど、すこぶるサバサバした女性のようだ。

「知らないですよ、そんなの」

「浅葱さま。しぼりましたので試飲をお願いします」

そこに烈さんが顔を出した。

「あぁ、烈。久しぶりね」

「珠緒か。小夜子さまを怖がらせるんじゃないぞ」

「まったく、男どもは甘いわね。私にもそのくらい優しくしなさいよ」

烈さんは「相変わらずだな」と苦笑している。浅葱さんが珠緒さんのことを『多少癖が強い』と言っていたが、多少ではなさそうだ。

「今はちょっと……」

浅葱さんは私をチラッと見てから烈さんに告げる。おそらく珠緒さんとふたりにできないという配慮だ。

「浅葱さん、大丈夫ですから、行ってきてください」

そもそも彼の仕事は酒造りなのだし。珠緒さんのテンポについていけていない感じではあるけれど、正直で裏表がなさそうなあやかしなのできっと大丈夫。

浅葱さんは私の返事を聞き、珠緒さんをいぶかしげに凝視している。

「取って食いやしないわよ。浅葱さまの大切な人なんでしょ？　そんなことしたら生きていけないことくらい、バカじゃないからわかってます」

あやかしとしての浅葱さんの強さがいまいちわかっていないが、珠緒さんの口ぶりからすると怒らせたら命が危ういくらいだということなのか。

「小夜子。珠緒は奥ゆかしさというものが欠けていてズバズバものを言うが、傷つけようという邪《よこしま》な感情はない。とはいえ、腹が立ったら言い返していいし、言えなければ俺に教えろ」

「あはっ。わかりました」

浅葱さんは心配そうに私を見つめてから、部屋を出ていった。

「ふーん」

すると今度は、珠緒さんが私をじろじろ見てくる。

「な、なんですか？」

「愛されてるんだね」

「えっ？」

なにか嫌みでも言われるかと思いきや、意外な言葉が返ってきた。

「浅葱さまはストイックなあやかしだから、日本酒の品質を上げることばかりに力を注いできたのよね。それなのに婚姻だっていうから、どんな悪女にだまされたのよってハラハラしてたんだけど」

「だましてません！」

とんでもない勘違いに声も大きくなる。

「みたいね。烈も小夜子さまのことを信頼してるみたいだし、ここで働けるってことは、職人たちにも浅葱さまの嫁として認められてるってことでしょ？」

嫌なら話もしてもらえないだろうから、そういうことになるのかな。

攻撃的な印象だった珠緒さんが、整った顔の頬を緩める。祇園《ぎおん》で芸妓《げいこ》さんをしたほうが似合っていそうな美しさだが、この言葉づかいでは難しいかも。

「それで、ここで居酒屋をするのね？」

「居酒屋というより、試飲スペースでしょうか。料理はあくまで脇役で」

私は浅葱さんにも見せた店内の配置図を広げた。

「なるほどね。私はここでお酒を出せばいいのね？」

彼女はカウンターを指さす。

「はい。お料理の注文があればそれも聞いていただいて、私が厨房で作るという流れです」

「料理はなにがあるの？」

「今のところはこれです。もう少し増やせるといいんですけど、私ひとりですし、手の込んだものは難しいので」

メニューの候補を渡すと、彼女は一点を指さした。

「これ、なに？」

「酒粕のトリュフ、チョコレートです。酒の肴にはならないかもしれないですけど、酒粕はお肌にもいいですし、女性客受けを狙って……」

実は一度作ってみたら、私がそのおいしさの虜《とりこ》になったのだ。日本酒との相性も悪くないと烈さんは言ってくれたけど……。

「食べてみたい」

「まだ家にありますよ。持ってきます」

「やった」

どんどん会話を被せてくる彼女に気圧《けお》され気味だったけれど、きっとこれが彼女のペースなのだろう。

意外にも子供みたいな笑顔を見せる彼女を置いて、コハクと一緒に一旦家に戻った。

酒粕のトリュフは、珠緒さんのお墨付きをいただいた。

「なにこれ。こんなにおいしいものがあるのね」

「ありがとうございます！」

烈さんや浅葱さんの試食で「ちょっとこれは……」とダメ出しされたことがないので、本当に大丈夫なのかと思うところもあった。けれど、珠緒さんはまずいならまずいと言いそうだし、褒めてくれたということは合格点に達しているのだろう。

「ねぇ。これ、持ち帰りできる商品に加えたらいいじゃない。ここで出すだけじゃもったいない」

「そうですね……。でも保存料も加えていないし、持ち運ぶと溶けてしまうし……」

「そういう問題もあるのか。もったいないな」

珠緒さんには商才があるのかもしれない。それ以外にも席の配置やお品書きの工夫など、次々とアイデアを出してくれる。彼女が来てくれたおかげで、ぼんやりとしていた店の計画が現実味を帯びてきた。

「で、店名は？」

「店名？」

そんなものをつけるつもりはなかった。ここはあくまで泉宮酒造の試飲スペースで、店として独立しているわけではないのだし。

「あら、つけないの？　せっかくやるんだからつけたほうがいいわよ」

「その通りだ」

そこに浅葱さんが戻ってきた。

「小夜子。ここはお前が店主だ。お前が好きな店名をつければいい。職人一同、ここには期待しているんだ」

「ありがとうございます」

店主だなんてくすぐったい。しかし、今まで大切に売ってきた泉宮酒造の酒を紹介できるお店を持てるなんて、最高だ。

役割を与えられて、なおかつ期待されるということの幸せを噛みしめる。お前はここに必要だと言ってもらえているかのようで、本当にありがたい。

「龍神でいいじゃない」

「珠緒。それは野暮ったい」

浅葱さんはすぐさまつっこむ。私も短絡的すぎる珠緒さんに笑ってしまった。ちょっとせっかちなあやかしなのかも。

「……瑞祥《ずいしょう》、はどうですか？」

「瑞祥って、なにか意味があるの？」

珠緒さんに尋ねられて再び口を開いた。

「おめでたいことがある前兆というような意味です。ここを訪れた人に幸せがありますようにという意味を込めて。それに、空に現れる彩雲は瑞祥だとも言われています。彩雲を昇っていく龍を想像したら美しいなと思って……」

ふと思いついたので口にすると、浅葱さんが私をじっと見つめる。

龍神をあれほど否定しておいて、想像すると美しいなんて勝手すぎる言い草かもしれない。

「あっ、なんでもないで──」

「いいんじゃないか？　彩雲を切り裂いて昇ってみたいものだ」

浅葱さんが優しい笑みを見せるのでホッとした。

「小夜子さま、浅葱さまが昇られるお姿を見たことがあるの？」

「いえ……」

それどころか、龍の姿もない。

「そうよねぇ。簡単には昇られないものね。あやかしたちも見たことがない者が多いし」

「そうなんですか？」

「龍神は嵐を鎮めることができるが、自然現象に手を出して助けていると人間は努力しなくなる。治水工事も後回しにされ、危機感も持たない。それでは困るので、基本的に手出しはしないのだ」

なるほど。そういえば以前、玄さんが『天変地異をひっくり返す』と言っていた。

龍神には嵐を鎮めるほどの力が備わっているのか。

浅葱さんの言うことには納得できる。とはいえ水害で命を落とす人もいるので助けられるのならそうしてほしい気もするが、すべて浅葱さんがコントロールしてしまったらたしかに治水事業は発展しないだろう。

「それじゃあ、瑞祥ね。小夜子さま、やるからには繁盛させましょう」

「はい。よろしくお願いします」

物事をスパンと決めていく珠緒さんと迷いばかりの私とはリズムがまったく違うものの、彼女とならうまくやっていけそうな気がした。

その日家に戻った私は、珠緒さんの意見を考慮しながら店内配置図をいじり、新たなメニューも考えていた。

「小夜子」

「はい、どうぞ」

夜になって、浅葱さんがまた部屋を訪ねてきた。彼は私の隣に腰を下ろし、配置図を覗き込む。

「珠緒のことが苦手なら、断っても構わないぞ」

「苦手じゃないですよ。なんでも即決なのがうらやましいくらいで」

きっと自信があるのだろう。私は今まで、なにかを提案しても叔父や叔母に却下されることが多かったので、自分の意見を主張することに勇気がいる。だから店名を提案したときもびくびくしていた。

「小夜子も遠慮しなくていい。泉宮酒造の職人たちは仕事に厳しい目を持っている。まあ、それも俺や烈がそう仕向けたんだが……」

珠緒さんが彼のことをストイックと言っていたが、自分自身にも厳しかったに違いない。

「どうしてですか？」

「その職人たちが小夜子のことは絶賛している」

時々話せるようになったとはいえ、まだ積極的に輪に入っていけるわけではないのに。

「烈だろうな。烈が、小夜子が何度も料理の試作品を作り直しては努力していることを話しているんだろう。俺も鼻が高い」

たしかに、浅葱さんや烈さんに試食してもらうまでにもかなり改良は加えている。けれど、浅葱さんをはじめとした職人たちの努力に比べたら微々たるものだし、こっそりやっているつもりだったのに。

「私、杜氏の妻としていつか認めてもらえるでしょうか……」

不安だったことが口をついて出た。浅葱さんが私を求めてくれてもそれは個人としてだ。泉宮酒造という威厳ある酒蔵の先頭に立つ杜氏の妻となれば、ふさわしい人を求められているだろう。なにもかも未熟な私では、足りないことだらけだと思えてしまう。龍神である浅葱さんの妻になったときは、不安しかなかった。しかし今となっては、これだけ誰からも尊敬される立派な彼の伴侶だなんて、身が引き締まる思いなのだ。

「そんなことを気にしているのか？　小夜子は俺が選んだんだ。誰にも文句は言わせないし、泉宮酒造の職人たちは歓迎しているぞ。それに、お前は俺にはもったいないほどの妻だ」

彼は私の腰を抱いて密着してくる。

「もう、おどおどしなくていい。小夜子は自分が思っているよりずっと魅力的だ。コツコツ努力することもいとわず、つらくても前を向こうとする。そんなお前のことを、皆が認めているんだぞ」

彼の言葉に目頭が熱くなる。必死に訴えても否定されることが圧倒的に多かったので、ずっと自分に自信がなかった。だから珠緒さんのように思ったことをズバズバ口にできる人がうらやましい。しかし、浅葱さんがそう言ってくれるなら、私にできることを模索しつつ、意見も主張していこう。

彼は私に愛情だけでなく自信までくれる。

「ありがとうございます。もっと頑張らなくちゃ」

「もう十分さ。小夜子に胸を張ってすすめてもらえるように、俺たちも酒の品質を上げていかなくては」

それこそ十分だと思う。でも、彼らならもっと秀逸な日本酒を造り出す気がした。

試行錯誤を繰り返し、瑞祥で出す料理のメニューは決定した。調理を担当するのは私ひとりということもあり、買い出しや仕込みにも時間が必要なので、営業は週三日のみ。けれどそのほうが希少価値が出るかもしれないと、前向きに考えることにした。

「こんな重い買い物、男どもにさせたらいいのに」

「あはっ。職人さんたちは仕事がありますから」

開店前日に買い出しを手伝ってくれた珠緒さんはぶつくさつぶやく。

そんな彼女は、お酒を水のように飲む。しかも、まったく酔わず驚きを隠せない。今も、疲れたからとコップに酒を注ぎ、ゴクンゴクンと喉に送っている。スポーツドリンクじゃないんだから……とつっこみたい気分だ。

「珠緒。その調子で飲まれたら酒蔵がつぶれる」

顔を出した烈さんが顔をしかめるも、「おいしいって褒めてるの」とあっけらかんとしている。しかし、珠緒さんはあっという間に酒の味わいの違いを見分け、醸造の知識も身につけた。接客は任せても大丈夫そうだ。

「あー、この荒走りもいいねぇ。こういう飲み比べができるのも、ここならではじゃない？」

　荒走りは、槽しぼりや雫しぼりをするときに最初に出てくるお酒のことだが、フレッシュで切れ味がいいと言われている。商品として売っているのは中汲みのお酒ばかりだけれど、ここではあえて、龍翔の荒走り、そして最後に圧力をかけてしぼった責めを用意して飲み比べをしてもらうことにしている。これを提案したのは私だが、職人たちは皆、面白いと賛成してくれた。

「はいはい。お前は酒ならなんでもいいんだろう？　小夜子さま。浅葱さまは所用で出られていますが、男手が必要なら弥一をよこしますよ」

「ありがとうございます。でも、もう大丈夫です」

　忙しい職人たちも瑞祥の開店には乗り気で、手が空くたびに力仕事を手伝ってくれた。その作業を通して、彼ら全員と話ができて、もうすっかり恐怖はなくなっている。カエルだの蜘蛛だの、ひとつ目だの……想像すると鳥肌が立つあやかしばかりだが、浅葱さんと同じように泉宮酒造の日本酒を愛し、大切に育てているとよく伝わってきた。

　その日、無事に料理の仕込みも終わり珠緒さんにも帰ってもらったあと、店内をぐるりと見回す。店としてはさほど広くはないものの、いちから携わったこの場所が開店を迎えることが感慨深い。

「コハク。なんだか夢が叶うっていう感じだね」

腕に抱いたコハクを撫でながら漏らすと、クゥンとかわいい鳴き声が聞こえてくる。

ちょっとした思いつきで始まった計画だったが、店の立ち上げなど当然経験がなく、営業許可申請など戸惑うことも多々あった。けれど、ため息が出そうになるとコハクはその気配を感じて私の膝に乗ってきた。会話はできないが『大丈夫だよ』と言われている気がして、踏ん張れたのだ。

しかも、買い出しでよく出かけるようになると、どうしても街を浮遊しているあやかしに遭遇する機会が増える。そんなときはコハクが前に立ち、吠えてけん制してくれたので安心して日常を送ることができた。

「浅葱さんにも職人さんにもありがとうを言わなくちゃ」

「礼を言うのは俺たちのほうだ」

ふと浅葱さんの声が聞こえたので振り向くと、職人たち一同が集まっていた。

「小夜子さま。私たちの造った酒を大切に思ってくださって、本当にありがとうございます」

烈さんが頭を下げると、他の職人たちまで続く。

「い、いえっ。私はただ、泉宮酒造の魅力がもっと広まればいいと思っただけで……。

それに、失礼な態度をとった私を迎え入れてくださった皆さんのおかげです」

なんだか胸がいっぱいだ。

今までつらいことがなかったとは言わない。父を失い、慣れない京都にやってきて不安だらけだった。それでも千両屋をもり立てなければと必死に走ってきたつもりだ。しかし、商売は簡単ではなく、大切な仕入れ先の泉宮酒造にまで迷惑をかけるありさま。そのせいで嫁いできたときは、気持ちも沈んだ。旦那さまが龍神だったのだからなおさらだ。

けれども、今私は心から笑えている。浅葱さんとあやかしの仲間に囲まれて、経験したことがない高揚感と幸福を感じている。

「小夜子。俺たちはお前とともに生きていきたい」

「はい。ふつつかな嫁ですが、どうかよろしくお願いします」

浅葱さんの優しい言葉に答えると、職人たちは皆、温かな拍手をくれた。

私、大丈夫だ。ここでずっと龍神さまの妻として生きていける。

そんな確信を得た、たまらなく心地のいいひとときだった。

翌日。十時の開店に合わせて準備をしていると、外に出ていた烈さんが興奮気味に飛び込んできた。

「小夜子さま！」

「どうされたんです？」

調理の手を止めて彼に質問すると、「どうもこうもありません」と鼻息が荒い。

「外、ご覧になりました？」

「いえっ。ずっと調理していたので……」

彼に手招きされて店の窓から外を見ると、すでに十人ほどのお客さんが列をなしていて驚愕した。

「え……」

慣れるまではと宣伝ひとつしていないのに、どうしてだろう。

「どうやら雲龍庵の鬼神さまが、酒まんじゅう好きのお客さんにすすめてくださったようです。その中に、有名な呉服店の店主もいて話が広まったようで……」

成清さんがそんなことを？　ありがたいけれど、緊張してきてしまった。

「小夜子さま。あんなに念入りに準備してきたんだから、大丈夫だって。いけ好かない嫁だったらいびってやろうかと思ってたけど、こんなに真剣に働かれたらなにも言えないわ」

「珠緒！　なんて失礼な！」

遠慮のない発言をした珠緒さんを烈さんが叱るが、彼女らしい褒め方だと私はうれしかった。

「頑張りましょう。泉宮酒造のお酒の素晴らしさが広まるように」

ここで味わった人が、まだ泉宮酒造を知らない人に紹介してくれたら最高だ。

「そうね。おいしいには違いないし」と言いつつ、またコップになみなみと注いだ冷やを水のようにガブガブと喉に送る珠緒さんに、目が点になる。

「珠緒。これから仕事だぞ？」

「このくらいじゃ酔わないわよ。少し飲んでおかないとエンジンもかからないって」

豪快な珠緒さんに苦笑する烈さんは、「開店のときに、また来ます」と奥に入っていった。

それから私は必死に手を動かし続けた。少しでも開店を早めるためだ。

「珠緒さん。浅葱さんを呼んでいただけますか？　少し早いですけど、お客さんを入れたいので」

今日は冷たい北風が吹いている。早く中に入ってもらったほうがいい。

「了解」

最終チェックをしていると、浅葱さんが烈さんを連れてきてくれた。人に慣れていない他の職人はもちろん出てこない。

ふたりには酒蔵の仕事に専念してもらいたいので、ここを手伝ってもらうつもりはない。ただ、オープンにはやはり杜氏がいなくては。

「すでに並んでいただいているので、開店を早めたいと思います」

「あぁ。小夜子、大丈夫か？」

浅葱さんが近寄ってきて私の顔を覗き込む。

「表情が硬いぞ。緊張しているのか？」

そうかもしれない。泉宮酒造の歴史に、私が泥を塗るわけにはいかないのだ。

「あ……えっと……」

試飲スペースを提案した本人が息をするのも苦しいくらい緊張しているとは明かせずにごすと、不意に抱きしめられた。

「大丈夫だ。小夜子は俺の自慢の妻だ。小夜子になら、俺たちの酒を任せられる」

「……はい」

浅葱さんの励ましを聞いて、ようやく肺に酸素が入ってきた。

「そういうことは、おふたりのときにどうぞ。浅葱さま、お客さんがお待ちかねです」

珠緒さんに指摘されて恥ずかしくなった。けれども、浅葱さんに抱きしめてもらえたからか、すとんと気持ちが落ち着いた。

「それでは」

浅葱さんは私の顔を見つめてから、入口の引き戸を開く。

「お待たせしました。瑞祥へようこそ」

どっとなだれ込んでくるお客さん。男性が多いが、女性も数人交じっている。彼らはたった今招き入れたのが泉宮酒造の杜氏だとは気づいていないだろう。だって、とんでもなく冷酷でにこりとも笑わない人だと思われているのだから。

「こちらでお酒とお料理を注文いただけます」

私が声をあげると、珠緒さんも準備に入った。

ここは試飲のための店なので、提供するのは常温の冷や。それが一番、その酒の特色をわかってもらえるからだ。

「あぁ、龍翔のしぼりたてを飲めるなんて。生きていてよかった」

最初のお客さんは初老の男性で、龍翔のファンのようだ。大げさに言っているのかと思いきや、感極まったような表情をしているので私まで胸が熱くなる。

「ありがとうございます。荒走り、中汲み、責めとありますが、どれがよろしいですか？　ちなみに責めが一番辛口でアルコール度数も高くなります」

私の隣で珠緒さんがてきぱきと説明を始める。誰が彼女のことをあやかしだと思うだろう。

料理の注文も続々と入った。

「豚の角煮を」

「承知しました」

柔らかくするために酒粕につけて下ごしらえをした角煮は、昨日からコトコトと煮込んで味もしっかりしみこんでいる。今朝、浅葱さんと烈さんに味見してもらったら、合格点をもらえた。

意外によく出るのが、冷ややっこのなめたけ風味。冷ややっこはおつまみの定番だからかもしれない。

「この塩辛、絶品だね。どこの？」

龍翔の中汲みを試飲したお客さんが、星芒も飲みたいと追加の注文をしつつ、すでに食べていた塩辛について触れる。

「手作りなんですよ。お気に召していただけてうれしいです」

この塩辛は、いくつものレシピを試して一番おいしくできたものを提供している。手間がかかっているので、褒められて心の中でガッツポーズをした。

「このチョコ、すごくおいしかった。お酒にも合いますね」

二人組の女性客は、真っ先に酒粕のトリュフに目をつけて注文してくれた。彼女たちの弾む声に、私も頬が緩む。

それからひっきりなしにお客さんが訪れて、販売用に準備していた酒も飛ぶように売れていった。

十七時の閉店の時間には、もう角煮は完売。まさか初日からこんなにお客さんが来るとは思ってもいなかった。

「小夜子、お疲れさま」

酒蔵の仕事が終わった浅葱さんが顔を出す。

「お疲れさまです」

「浅葱さま。小夜子さまの料理、大好評でしたよ。さりげなく距離を縮めてくるお客さんには、私が出る幕もなくコハクがけん制してました」

ん？　ふたりはなんの話をしているの？

たしかに何杯か試飲したお客さんの中には、気分がよくなったのか私にずっと話しかけてきて離れない人がいた。カウンターの上の手に触れられそうになったが、コハクが私たちの間に入ってきたことがあった。当然コハクが見えないお客さんは、私に手が届かないことに首を傾げていた。あのときは焦ったものの、相手も酔っていたので何事もなく終わった。

「やっぱりいたのか。コハク、よくやった」

浅葱さんはコハクを抱き上げて頭を撫でる。

ということは、そういうお客さんがいると想定して、あらかじめ珠緒さんに監視を頼んであったということ？　いや、もしかしたらコハクにも言い聞かせていた？

「もー、ほんとに浅葱さまは過保護ねぇ。酔っぱらいのひとりやふたり、軽くあしらえるようにならなきゃ」

「小夜子は珠緒とは違うんだ。ずっと純粋なままでいてほしい」

浅葱さんの言葉に頬が赤らんでいくのを感じる。

「あの龍神さまがのろけるなんてね。聞いていられないわ。小夜子さま、チョコいただいてくわね。それじゃあまた」

の、のろけ？　そうか。これはのろけなのか。

「疲れただろう。よく頑張った」

彼にねぎらわれてプツンと緊張の糸が切れたのか、へなへなと座り込んでしまった。

「小夜子？」

慌てる浅葱さんが私の肩に手を置く。

「私……泉宮酒造の足を引っ張らなかったでしょうか？」

職人たちが奮闘する泉宮酒造で、自分にもなにかできないかと考えた末の瑞祥開店だったが、伝統ある酒蔵の汚点には決してなってはならないという重圧があったことは否めない。

「そんなわけがないだろう。職人たちも喜んでいたよ。この規模の酒蔵では、全国に卸すというのは到底無理だ。それに、うちの酒のよさもわからないくせに利益が上がるから取引がしたいという小売店とは付き合いたくない」

　今の取引先だけでも十分な利益があり、酒蔵の経営にはまったく問題ないようだが、小売店との取引を広げないのはそういう理由もあったのか。

「だが、わざわざここまで足を運んで試飲してくれる人は違う」

「はい。とてもおくわしい方もいらっしゃいました」

　龍翔の魅力について熱く語るお客さんもいて、耳を傾けるのが心地よかった。

「俺たちが理想とする販売の方法を、小夜子が実践してくれたんだよ。あやかしの俺たちだけではできなかったことだ」

「そっか……。よかった」

　珠緒さんの言う通り、浅葱さんは私に甘いかもしれない。でも、今は彼の言葉を素直に受け取っておきたい。

「さて。烈が開店祝いの夕飯を作ると張り切っていたぞ」

「あ……。夕飯作り、さぼっちゃった」

　店のことで頭がいっぱいで、夕飯のことなんてまったく忘れていた。昼食もここを離れられなくて、烈さんが珠緒さんの分まで差し入れてくれたし。

「本当に真面目なんだな。やれる者がやればいい。俺も料理をするか」

「できるんですか？」

「そうだなぁ。卵は割れる」

自信満々の彼の返事がおかしくて、笑みがこぼれた。

第三章

深き愛、揺らがぬ気持ち

瑞祥の開店から三ヵ月。もうすっかり暖かくなってきて、汗ばむ日もあるくらいだ。

そもそも利益の追求をするつもりがなく、あくまで泉宮酒造のお酒の品質のよさを広げるために始めた店だったが、意外にも経営は順調。瑞祥では〝火入れ〟をしていない日本酒の生酒が飲めるという口コミでお客さんも増えてきて、てんてこまいしている。しかし、客足が途絶えるたびにこっそりお酒をあおっている珠緒さんの客さばきが素晴らしくて困ることはない。それに、私も慣れてきたのかお客さんとコミュニケーションをとる余裕も出てきた。

「あれっ、伏見稲荷の近くの土産物屋の売り子さんじゃない？」

その日は、千両屋でいつも暁光を買い求めてくれていた五十代くらいの男性がやってきた。

「はい。千両屋をごひいきにしていただき、ありがとうございました」

「ここに転職したの？」

「いえっ。その……杜氏のところに嫁入りしたんです」

照れくさかったが正直に伝えると、その人は瞬時に頬を緩ませ白い歯を見せる。

「それはそれは、おめでとう。あなた、器量はいいし親切だし、いい旦那さんをつかまえると思っていたから納得だよ」

まさか、そんなことを言われるとは。叔母には器量が悪いといつも責められてきたので、にわかには信じられない。

どうやら浅葱さんの悪い噂は知らないようで、杜氏の彼のことを評価して『いい旦那さん』と言ってもらえたのがうれしかった。本当はとても素敵な人だから。

「あ、ありがとうございます」

お礼を言うと、隣の珠緒さんが私をひじでつっつく。

「そうなんですよ。彼女、もう杜氏に愛されて幸せいっぱいで」

そして彼女がとんでもない言葉を被せるので、目が点になる。恥ずかしいからよしてほしい。

「それはよかった。千両屋にはあなたがいなくなってから、足も運ばなくなったよ。酒の説明が楽しくて通っていたのに、あれからは淡々と会計されるだけだからね」

「そうでしたか。申し訳ありません」

「いや、あなたが謝らなくても」

千両屋はどうなっているのだろう。自分の身の回りに起こることを呑み込んだり、瑞祥を開店させたりすることで頭がいっぱいで、千両屋のことまで気がいかなかった。

そういえば支払いの件もどうなっているか知らない。

「生酒と一緒に料理も楽しんでくださいな。彼女が作っているんですよ」

さすがは珠緒さん。さりげなく営業している。

「ほほー。おすすめは？」

「一番人気は手作り塩辛です。ちなみに私は、この生春巻きが大好きなんですよ。彼女の料理はなんでもおいしいですけどね」

「それじゃあ、両方ともいただくよ。あと龍翔の責めも。辛口が好きだから責めを出しているという噂を聞いて、これは！　と駆けつけたんだよ。ここでしか飲めないのが残念なくらいだ」

そもそも、機械でしぼるヤブタ式では、荒走りも、中汲みも、責めも混ざってしまう。だからそうした分類はしないのが普通だ。ひと手間かかる槽しぼりや雫しぼりだからこそ分けられるのだが、その中でも責めを商品化する酒蔵は少ないと聞く。泉宮酒造も、ここ以外では味わえない。

「ありがとうございます。またお越しくださいな」

珠緒さんはお礼を口にしたあと私をチラッと見て、ニッと口角を上げた。

職人たちはあやかしであることが知られると困るからという理由で人間と接触したがらないようだが、長きにわたり現世で暮らしている珠緒さんはそんなそぶりはまったくない。しかも、私よりコミュニケーションがうまいくらいだ。浅葱さんは取引先の小売店などとの折衝も請け負っていて人間にも慣れているが、それ以上だと感じる。浅葱さんが彼女を接客にと思いついた理由がよくわかった。


その晩。また私の部屋を訪ねてきた浅葱さんに、思いきって口を開いた。

「千両屋の支払いはどうなっていますか?」

今日のお客さんのように足が遠のいている人が多数いたら、ますます経営状態が傾いているのではと心配になったのだ。

「滞っているな」

彼は苦々しい顔をして私に告げる。

「そう、でしたか。申し訳ありません」

「お前が気に病むことはない。小夜子はもう泉宮の人間だ」

そうだけど……。長く携わってきた店のことなので、他人事だとは思えない。

「小夜子の存在の大きさを痛感しているはずだ。最近様子を見に行った烈の話では、亜紀さんが店を手伝いだしたらしいが、うちの酒の知識はおろか、その他の商品の価格も間違えるありさまで、あまりいい評判は聞こえてこない」

あんなに店の手伝いを嫌がっていた亜紀さんが駆り出されているんだ……。彼女はいまどき古くさい土産物店なんてとバカにしているようなところもあったので、千両屋に愛着もなにもないのだろう。

泉宮酒造のお酒に関しては地元の常連さんもたくさんいたのに、どうなっていることやら。

「小夜子」

私が険しい顔をしていたからか、浅葱さんは私の手を包み込み心配げな視線を向けてくる。

「お前の優しいところは本当に素晴らしい。だが、ときには心を鬼にすることも必要だ。千両屋は小夜子を失ってようやく店の危機を肌で感じることになったはずだよ。今までは売り上げが落ちても、うちの商品がある限り閉店を考えるほどではなかっただろうからね」

「閉店……」

それほど切羽詰まっているのか。

「あぁ。今のままでは遠からずそうなる。だが、これまでの怠慢に気づき立て直すチャンスはまだあるはずだ」

もう何度も返済の猶予期間を設けてもらっているはずなのに、私が嫁いでからのほうがうまくいっていないなんて……。本当に立て直せるだろうか。

「千両屋がつぶれることを一番悲しむのは小夜子だ。俺はお前が苦しむ姿は見たくない。だからもう少し長い目で見守ろうと思っている」

「浅葱さん……。ありがとうございます」

私の気持ちを汲んでくれる彼に目頭が熱くなる。

「大丈夫だ」

それから広い胸に抱き寄せられて、彼の規則正しい心音を聞きながらしばらくじっとしていた。彼が龍神だと知ったときは恐ろしくてたまらなかったのに、今はこうしていると落ち着く。


それからも瑞祥は大繁盛。

時々悪い飲み方をするお客さんがいて絡まれることもあるけれど、コハクがなにかしらアクションを起こして助けてくれる。その人の脚に体当たりしたり、どうにもならないと判断したときは、浅葱さんを呼びに行ったりしてくれたことまであった。小さい体で私のことを精いっぱい守ってくれる姿に感動せずにはいられない。

相変わらず隙を見ては酒を口に運ぶ珠緒さんは、瑞祥にはなくてはならない存在になっている。

「すっかり看板娘、いや看板妻が板についてきたわね」

お客さんが途切れ、ふたりで烈さんがこしらえてくれた昼食を食べていると、珠緒さんに指摘された。

看板妻って……。そこは娘でよくない？

「それを言うなら珠緒さんですよ。私はオロオロしているだけです」

お酒のことについて聞かれるとうれしくて、つい前のめりになって会話を弾ませる。しかし決して口上手ではないので、それ以外では話が膨らまないこともある。一方、珠緒さんは人間界の出来事にも精通していて、私の代わりに会話に花を咲かせているのだ。

「バカね。ほとんどのリピーターが小夜子さま目当てなのを知らないの？　おかげで浅葱さまの機嫌が悪くて、私のお酒を減らされてるんだから」

「それは飲みすぎだからですよ？」と言ったものの、最近、私の部屋に来る浅葱さんがさりげなく手を握ってきたり、突然私を膝の上に抱きたがったりすることまであって驚いている。それはもしかして、やきもちというものだったりして……。

そんなことを考えていると、恥ずかしくなる。

「小夜子さまは買い出しくらいしか外に行かないから知らないだけで、べっぴんの看板娘の極上の手料理が食べられるって噂になってるのよ」

「べっぴんって！」

どこで尾ひれがついたのだろう。私には珠緒さんのような色香はないのに。けれど、ここのメニューは試行錯誤したので、料理を褒められるのは純粋にうれしい。

「ほんとだよ。噂が噂を呼んで新聞社から取材の依頼があったらしいけど、浅葱さまが断ったんだって。烈が言ってた」

「新聞社……？」

それは初耳で、目が飛び出そうになった。

「なんで断ったかわかる？」

「いえ……」

なぜかニヤリと笑う珠緒さんが手招きするので、耳を近づけた。

「浅葱さまは、小夜子さまをひとり占めしたいのよ。ほんとは接客させるのすら嫌なんだから」

「まさか……」

「いいわね、一途《いちず》に愛されてて。私にもそんな男、落ちてないかしら？」

さすがに落ちてはいないけど……。珠緒さん、サバサバしていてものをはっきりとは言うけれど素敵なあやかしなのに、いい男《ひと》いないのかな？

しかし『一途に愛されて』と指摘され、照れくささのあまりうつむいた。

私が看板娘だという噂が広がっているのは、どうやら冗談でもなさそうだ。「あぁ、噂の！　会いたかったんだよ」なんて、お酒でなく私をひと目見たくてというお客さんが時々現れるようになったのだ。

「大人気ね」

珠緒さんが茶化してくるが、なんと返事をしたらいいのかわからない。

「おーくさん！」

料理の注文をさばいていると、聞き覚えのある声が飛び込んできて顔を上げた。

「天音さん！　来てくれたんですね。でもその奥さんというのは、ちょっと……」

撫子《なでしこ》色の着物がよく似合う彼女のうしろには、これまた着物姿の成清さんの姿もあった。けれども双子の姿は見えない。

「だって奥さんじゃない。着物姿も素敵ね」

そういえば、浅葱さんが用意してくれていた着物について、彼女は知っていたんだった。彼との距離が縮まっていることを指摘されたようで、目がキョロッと動く。

「ありがとうございます。今日は、小太郎くんと小菊ちゃんは？」

「酒蔵に来るのに子連れもな。正三《しようぞう》に子守をさせてある」

「あぁ、座敷わ――」

成清さんの返答に、珠緒さんは途中で口をつぐんだ。私が首を傾げると、天音さんが近寄ってきて「座敷童の正三くん」と耳打ちする。

なるほど。他のお客さんの前では言えなかったのか。それにしても、私が知らないだけでたくさんあやかしがいるんだな。

「それはそうと、遅くなりましたが、瑞祥のオープンおめでとうございます」

成清さんが改まってお祝いの言葉をくれるので、背筋が伸びる。

「ありがとうございます。雲龍庵の常連さんに広めてくださったとか。今日はどうぞ貴重な生酒を楽しんでください」

「はい」

にっこり笑った成清さんだったけれど、どのお酒にするか尋ねてもしばし黙ったままだ。

「それでは、この角煮とホタテの酒蒸しと……。天音。トリュフがあるぞ？」

成清さんは天音さんに酒粕のトリュフをすすめているが、お酒は？

「あの……。先にお酒をお出ししますよ？」

「成清はでかい図体《ずうたい》して飲めないんだ」

珠緒さんが呼んできた浅葱さんが顔を出して口を挟む。そういえば、そうだった。

聞いていたのに、まったくそんなふうには見えないので、すっかり頭から飛んでいた。

「いちいち癪《しやく》にさわる言い方をするな。酒粕は認めてるだろ」

成清さんは右の眉を上げて反論している。

「忘れていてごめんなさい。お料理だけでも楽しんでいただければ……」

そんなお客さんは初めてだったけれど、無理にすすめるつもりはない。それに、飲めないのに来てくれたのは、開店祝いのためだろう。雲龍庵も繁盛していて忙しいだろうに。

「すみません。天音はいただけばいい」

「はい。私、龍翔の荒走りを飲んでみたかったんです。私も強くはないので一杯だけ。それとトリュフも気になる！」

「すぐに用意します」

私と珠緒さんで準備をしていると、浅葱さんはふたりを席に案内してなにやら話し始めた。

料理とお酒を彼らのところに運ぶと、天音さんは早速トリュフを口に運んだ。

「これ、すごくおいしい。毎日でも食べたいわ」

満面の笑みを浮かべる天音さんの発言にうなずいている成清さんも、ホタテの酒蒸しを食べ始める。

「浅葱。お前、毎日こんなにうまいものを食っているのか？」

「まあな」

ふたりの会話がくすぐったい。私が照れている様子を天音さんがこっそり見て笑っているので、余計に恥ずかしくなった。

一旦厨房に戻ると、思わぬ人が訪れた。

「小夜子、久しぶりね」

「亜紀さん……」

彼女は私を値踏みでもするかのように視線を動かしてじろじろ見つめる。

「お久しぶりです」

小さく頭を下げると、彼女は「馬子にも衣装ってやつね」とぼそっとつぶやいた。

今日は浅葱さんが用意してくれた菖蒲《あやめ》色の着物を纏っているが、それが気に食わないの？

常に足下にちょこんと座っているコハクが腰を上げ、うぅぅぅーとうなり始める。

亜紀さんの嫌みを理解しているのだろうか。

「私にもお酒をいただける？　小夜子のおすすめでいいわ」

「わかりました」

私はコハクに大丈夫という意味を込めて小さく首を横に振ったあと、龍翔の中汲みをグラスに注ぐ。これは千両屋で扱っている龍翔と同じではあるが、火入れをしていない生酒だ。

カウンター席に座った彼女に出すと、眉をひそめた。

「なに、常温？　温めるか冷やすかしないの？」

「常温でお出しするのを冷やと言います。本来の香りや味を楽しんでいただくのに最適なので、ここでは冷やをお出しすることにしています」

「あぁ、そう」

一応説明したものの、興味なんてなさそうだ。とても不機嫌に見えるが、どうしたのだろう。

私は亜紀さんの前に鶏皮せんべいも出した。彼女は鶏肉が好きだからだ。

いつもは率先して会話を始める珠緒さんも、不穏な空気が漂っているのを察してか、少し離れたところから見ている。そして、浅葱さんたちも私たちの様子を固唾をのんで見守っていた。

助け船を出すためだろう。浅葱さんが立ち上がったのがわかったけれど、私は目で制した。きっと亜紀さんは私になにか話があって来たのだと思ったからだ。

亜紀さんはお酒を喉に送ったあと、私を凝視して口を開いた。

「私、大学を辞めることになったの」

「辞める？」

「学費が払えないんだって」

亜紀さんは私大に通っているのでそれなりの学費がかかっているのは承知している。しかし、それを削らなければならないほど寺内家が窮地に追い詰められているとは知らなかった。

そこまで聞いたところで、もう一組いたお客さんが帰っていくので、珠緒さんが会計をして見送りに向かった。

「私はあのおんぼろ土産物屋で売り子をするのよ？　それなのにあなたは、立派な酒蔵の妻の座に収まって、看板娘だって？　笑ってるんでしょ、私のこと」

「そんなふうに思うわけがないじゃない」

私は千両屋を愛していたし、今となっては浅葱さんの妻になれてよかったと思っているが、最初は嫌でたまらなかったのだし。

「私が嫁げばよかったのよ。あんたが京都なんかに来なければ、私が杜氏の妻になっていたのよ！」

グラスをテーブルにドンと乱暴に置いた彼女は、怒りで声を震わせる。

でも、私が浅葱さんに嫁ぐと決まったとき、あの暴君の嫁なんてかわいそうにと鼻で笑っていたでしょう？　泉宮家と親戚関係になることを世間に知られたくなくて、私は東京に嫁いだことになっているんじゃないの？

――うぅぅぅぅー。

一旦はおとなしくなったコハクが、先ほどより低いうなり声をあげ始めた。亜紀さんが私をさげすんでいることがわかっているのだ。

「コハク、ダメよ」

「は？　なに言ってるの？　バカにしてるの？」

コハクの姿が見えていない亜紀さんは、怒りの形相で立ち上がる。その瞬間、とうとうコハクが飛びつかんばかりに前足で床を蹴ったのがわかりひどく慌てた。

しかし間一髪。浅葱さんがコハクを抱き上げたので、飛びつかずに済んだ。彼は心配して近寄ってきた天音さんにコハクを預けたあと、私の腰を不意に抱く。

「私の妻になにか？」

「えっ……」

亜紀さんは目を丸くしている。

そういえば、彼女は浅葱さんのことを知らないんだ。暴君だと恐れられている彼に興味もなかったのだから当然か。

「誤解をされているようですが、私は心が清らかで努力家の小夜子だから妻に迎えたんです。あなたは小夜子と同じ千両屋の娘として育ったのに、今までなにをしてきましたか？」

浅葱さんはすこぶる冷静に言葉を紡ぐ。

「なにって……。私だって千両屋のために――」

「それではうちの酒の特徴をご存じですか？　価格が違うのにはもちろんわけがあります。それがどうしてか、説明できますか？」

浅葱さんに畳みかけられた亜紀さんは、目をキョロキョロさせて黙り込む。

私が寺内の家に入ってから嫁ぐまで、彼女が店頭に立つことは一度もなかった。当然扱っている商品についても知ろうとはしなかった。

「小夜子は、どんなことでも答えられるほどくわしいですよ。あぁ、もちろんここに来る前からです」

「な、なによ」

まともに反論できなくなった亜紀さんは、私に鋭い視線を向ける。

「小夜子は、千両屋を必死にもり立てようとしてきた。思うようにいかないことがあっても決して腐らず、笑顔で接客を続けた。それどころか、まだ努力が足りないと商品についての勉強も怠らなかった。あなたが好きなことだけをしてすごしている間もね」

浅葱さんは私の腰に置いた手に力を込める。

「あなたと小夜子。どちらが魅力的なのか、おわかりでしょう？　私が妻にしたいのは、小夜子だけだ」

キッパリと宣言する浅葱さんを前に、亜紀さんは唇を嚙みしめて握ったこぶしを震わせている。

「小夜子は、そんな汚い嫉妬を向けていい女じゃない。千両屋が傾いたのもあなたが大学を辞める羽目になったのも、あなたのご両親が店を小夜子に任せっきりで努力してこなかったからだ。小夜子に暴言を吐くことは、私が許さない」

淡々としてはいるが、怒りが垣間見《かいまみ》える浅葱さんの言葉にひるむ亜紀さんは、千円札を置いてなにも言わずに店を出ていった。

「小夜子……」

「浅葱さんに声を荒らげさせたりして、ごめんなさい」

ますます冷酷だという話が広まってしまう。

「どうして謝る?」

「だって、浅葱さんの悪い噂がもっと広まったりしたら……」

本音を漏らすと、彼は私を見つめて首を横に振る。

「俺はお前を守りたいだけなんだ。それ以外のことなんてどうでもいい」

語気を強める浅葱さんに、ドクンと心臓が跳ねた。彼は逃げ出した私を、これほど大切にしてくれる。

「小夜子さん、また今度来るね」

コハクを私に渡しながら天音さんはにっこり笑う。

「せっかく来ていただいたのに、ごめんなさい」

修羅場に巻き込んでしまった。

「いえ。浅葱もこんなに必死になるんだなと。いいもの見させてもらいましたよ」

「成清！」

ニヤリと笑う成清さんに、ほんのり頬を赤らめた浅葱さんが抗議している。

「本当の夫婦になれたね」

天音さんが私の耳元で囁いたとき、うれしさで胸がいっぱいになった。以前、彼女と話したときは、浅葱さんとの距離がずいぶん離れていたからだ。

「はい。ありがとうございます。天音さんも幸せになってください」

「えっ、私は……」

途端に目を泳がせる天音さんの手を「邪魔者は消えるぞ」と引く成清さんは、とびきり優しいまなざしを彼女に向けている。

絶対に両想いだと思うんだけどな。

「お客さんが途切れたから、小夜子さまは休憩ね。浅葱さまも休憩。コハクはこっち」

会計を終えてふたりを見送ると、珠緒さんがてきぱきと場を仕切りだし、私からコハクを奪っていく。

「さっき休憩をもらったからいいですよ?」

「浅葱さま。この鈍感な嫁をなんとかしてくださいな。夫婦のいちゃつきを見せられるこっちの立場っていうものが……」

いちゃつきって! そんなつもりはなかったのに。

「そうだな。そうしよう。しばらく頼んだぞ」

恥ずかしさのあまり顔から火を噴きそうな私とは対照的に平然と返した浅葱さんは、私の背中を押して隣の家へと促した。そして玄関に入った瞬間、グイッと腕を引かれて抱き寄せられる。

「つらい思いをさせたな」

「どうして浅葱さんが謝るんですか? 助けてくれたのに」

亜紀さんのとがった言葉が痛くなかったわけじゃない。でも、八つ当たりだとわかっていたし、浅葱さんがかばってくれたのでそれほど傷ついてもいない。

「だが、俺がお前の叔父に余計な駆け引きをしたせいだ。最初から小夜子を妻に欲しいと言えばよかったんだ」

なんて優しいのだろう。彼が駆け引きをしたのは、私のためだったのに。叔父や叔母に大切に思われているとわかれば、身を引くつもりだったんでしょ?

私は彼の腕の中で首を横に振る。

「私は、ここに浅葱さんがいてくれるだけで幸せです。他のことなんてどうでもいい」

彼は『俺はお前を守りたいだけなんだ。それ以外のことなんてどうでもいい』と言ってくれたが、それは私も同じ。亜紀さんにさげすまれたとしても、浅葱さんと一緒に生きていけることこそ幸せで、それ以上に大切なことなんてない。

彼に嫁いでから驚きと戸惑いの連続だった。けれども、今はもうその気持ちに迷いはない。

「ありがとう、小夜子。ずっと大切にする」

私の背中に回した手に力を込める彼は、優しい声で囁いた。

その後も瑞祥は大繁盛。

それに伴い、泉宮酒造の日本酒の価値も口コミで広がりを見せ、売り上げも少しずつだが増えているという。

噂を聞きつけた小売店がひっきりなしに取引を求めてくるが、浅葱さんは簡単にはうんと言わない。職人の数を増やせないという状況下で取引を増やすには、品質を落とさざるを得ないからだ。取引の拒否は、今の泉宮酒造の品質を死守するという強い気持ちの表れだった。ただごくまれに、泉宮酒造の商品に関して熱心に勉強をしていて、クオリティの高さに気づいている小売店とは新たな契約を交わすこともあった。

その一方で、千両屋との取引が縮小しつつある。亜紀さんが瑞祥にやってきたあとも、烈さんが客を装って店を訪ねることもしばしばだが、亜紀さんは不貞腐《ふてくさ》れた顔で接客をしているという。日本酒に関しての質問にも、『製造元にお尋ねください』としか言わないらしい。

そして叔父は、先日浅葱さんの求めに応じて事務所を訪れたものの、支払いの猶予に関して頭を下げ、『経営を見直します』の一点張りで、具体的な再建策が見えてこないという。そこで最後の手段として、『このままでは契約打ち切りです』と告げたらしい。すると、『小夜子を嫁がせたじゃないですか』と言う叔父に、浅葱さんは怒り心頭。常に冷静なはずの彼の怒りを鎮めるのに、烈さんが一生懸命だったと玄さんが教えてくれた。しかも、『浅葱さまは、小夜子さまのことになると理性なんて飛んでしまうんですよ』と玄さんに付け足され、くすぐったくもありがたく感じた。

なんとか千両屋を持ち直させる方法はないのかと、瑞祥が休みの日に、泉宮酒造の商品の特徴を一覧にする作業を始めた。せめてこれをお客さんに示しながら説明できればと思ったのだ。

「小夜子。これは？」

昼休憩に家に戻ってきた浅葱さんと烈さんのために食事を出したあと、その資料が間違っていないかチェックを受けようとすると、浅葱さんが首を傾げる。

「余計なことかもしれないですけど、小売店にお配りできたらと思ったんです。小売りの人間は、よほど日本酒に興味がない限り違いをうまく説明できません。せっかく浅葱さんたちが心を込めて製造しても、間違った知識が広まったら悲しいので……」

私も最初は、純米酒と本醸造酒の違いすら知らなかった。それぞれの酒で精米の歩合が異なることも。しかし、一度勉強を始めたらその奥深さに感激して楽しくなった。そのきっかけを作れたらと考えたのだ。

「なるほど……」

「でも、私の知識では足りないので、間違いや足すべきことを教えてください」

お願いすると、ふたりはそれぞれ資料を熱心に読み始めた。

「これは素晴らしい出来ですね」

「そうだな。小夜子にここまで深い知識があるとは……」

烈さんの言葉に呼応する浅葱さんを見て、安堵の胸を撫で下ろす。仲良くなった職人たちから製造工程についてくわしく学んだおかげで、千両屋にいた頃よりは日本酒の知識もついていると思う。けれど、杜氏に褒められると感慨深い。

「さすがは杜氏の奥さまだ」

感嘆のため息交じりに烈さんに絶賛され、隣の浅葱さんがうれしそうに顔をほころばせるのがくすぐったい。

「小夜子さま、これに酒蔵のそれぞれの工程の写真を入れましょう。職人たちも自分たちが写りさえしなければ大丈夫ですので、私が準備します」

「ありがとうございます！」

ここにいると、自分のしたいことがどんどん叶う。必死になれば努力を認めてくれる人たちがいるのが、たまらなく心地いい。

「小夜子は活躍しすぎだぞ」

「ん？」

「俺の出る幕がない」

ふっと笑う浅葱さんは、座卓の下でこっそり私の手を握った。


資料ができあがると、配達業者に依頼して荷物に忍ばせるようになった。しかし、千両屋には自分で持っていきたいと訴えたら、浅葱さんが目を丸くする。

「あえて関わらなくていい」

彼の心配はもっともだが、どうしても店を立て直してもらいたいのだ。

「千両屋は、私と浅葱さんをつなげてくれたお店なんです。なくなるのは悲しいです」

「それでは俺も行こう」

彼の提案に首を横に振る。

「浅葱さんが行けば、きっと勉強しますとうわべだけの言葉を並べると思います。本音でぶつかり合わなくては、いつまで経っても今のままの気がして……」

「だからと言って、お前が傷つくようなことはさせたくない」

やっぱり私の旦那さまは過保護だ。彼が見守ってくれるなら、私はまだまだ前に進める。

「千両屋がなくなってしまうくらいなら、踏ん張りたいんです。もしどうしてもつらかったら、そのときは浅葱さんに泣きついてもいいですか？」

「小夜子……。もちろんだ」

彼は一瞬眉をひそめたものの私の決意をわかってくれたようで、柔らかな笑みを浮かべてうなずいた。

「おこしやす」

久しぶりの千両屋に足を踏み入れると、レジの奥に座っていた亜紀さんが私だとは気づかずに声をかけてくる。

「こんにちは」

「小夜子……。なにしに来たの？　あぁ、私を笑いに来たのね」

表情を凍らせる亜紀さんは、大学を辞めなくてはならなくなったことにショックを受けているのだろう。私も少なからず大学生活を謳歌している彼女をうらやましく思っていたので、その気持ちはわかる。

「笑いになんて……。今日は泉宮酒造の人間として来ました。お酒の違いを表にまとめたので、お客さんに販売するときに役立ててほしくて」

資料を差し出したが、彼女は受け取ることなく着物姿の私をにらみつける。

「はいはい。泉宮酒造の若奥さま。きれいな着物を着てぜいたくな暮らしを満喫しているのね」

吐き捨てるように言う彼女に、私は口を開いた。

「そうですね。浅葱さんは私がやりたいことを応援してくれます。なにもダメだとは言いません。それって、とてもぜいたくなことですよね」

「は？　私はお金が有り余ってていいわねと言ったのよ！」

たしかに、ここにいた頃よりずっと裕福な暮らしを提供してもらっている。けれど、私が今幸せなのは、浅葱さんをはじめ、周りの人たち——いや、あやかしたちが、私を大切に思ってくれるからだ。

「私、ここでまだできることがあったんじゃないかと後悔しています。叔父さんや叔母さんにダメだと言われるのが怖くて、呑み込んだ提案もありました」

「嫌みの通じない人ね。帰って！」

彼女は怒りの形相を浮かべる。

「私、もう二度と同じ後悔はしたくないの。だから言わせてもらいます。千両屋は今踏ん張らなければ確実につぶれます。亜紀さん、現実を見て。変わらなければ、この店、なくなっちゃうんだよ？」

私は必死に訴えた。

支払いを先延ばしにすることばかり考えていても、店を変えていこうという気持ちがなければ堂々巡りだ。いや、着々と終わりが近づいてくる。

「偉そうに！」

「なんや、騒がしいと思ったら、小夜子か」

そのとき、叔母が奥から出てきて眉根を寄せた。

「ご無沙汰しております」

「あんた、あの杜氏にかわいがってもらってるんやて？　なんや、あの人もただの男やったか。暴君も女に腑抜けになるとはねぇ」

「浅葱さんは暴君なんかじゃ……」

浅葱さんが本当は温かくて器の大きな人だと言いそうになり、口を閉ざした。彼が悪者になりながら職人たちを守っているのに、私が暴露するわけにはいかない。

私の足下にいるコハクは、亜紀さんが瑞祥を訪れたときのようにうなり始めた。ただ、今日はなにがあっても絶対に飛びつかないように言い聞かせてある。

「なに？　女にうつつを抜かしているだけでしょ？　天下の泉宮酒造の杜氏が、小娘に踊らされてあきれるわ」

叔母の発言が悔しくてたまらない。自分をなじられるより何倍も腹が立つ。

「浅葱さんは、立派な杜氏です。そうでなければあれほど上質なお酒は造れません」

安易に本当の姿を明かせないため、そう言い返すので精いっぱいだった。

「なんや、うるさいな」

私たちが言い合っていると、叔父も顔を出す。

「小夜子か。なにしに来たんや。あぁ、今月の支払いを待ってくれると？」

「今月待っても、来月さらに苦しくなるだけです。叔父さん。泉宮酒造が手を引く前に、もっと売る努力をしませんか？　私が手伝えることはなんでもします」

勇気を振り絞って伝えると、叔父の目がつり上がった。

「お前は、いつからそんなに偉くなったんだ？　大体、せっかく嫁いだのになんの役にも立ちゃしない。小夜子が泉宮さんを丸め込めば済む話だろ。こんなところで油を売ってないで、説得してこい」

それはあんまりだ。

「おこしやす」

そのとき、お客さんが訪れたので一旦口を閉ざして笑顔を作った。

「あ！　いたいた。前回来たときはあなたがいなくてがっかりだったよ」

私を見つけて満面の笑みを浮かべるのは、暁光をよく買いに来てくれる四十代くらいの男性のお客さんだ。なんでも、京都でしか買えない暁光をここで購入して、時折関東の親戚に送っているとか。

「申し訳ありません。実は嫁に行きまして……」

「おぉ、それはおめでたい。こんなに親切なあなたを嫁にできた旦那は幸せだろうなぁ」

このお客さんが私を親切と言うのにはわけがある。伏見稲荷を参拝後、店先の自販機で飲みものを買おうとして財布を落としたことに気づいた彼が困っていたので、捜す手伝いをしたのだ。歩いた場所をたどったが見つからず、結局社務所に届けられていたのだけれど。そのとき、日本酒が好きだと聞いて暁光をすすめたらおいしさの虜になり、それから足しげく通ってくれるようになった。

「とんでもないです」

「あなたの結婚祝いに、今日はこっちをいってみようか。ずっと飲んでみたかったんだよね」

彼は龍翔を指さした。

「ありがとうございます。こちらは泉宮酒造が胸を張っておすすめする純米大吟醸です。酒造りには最適と言われる山田錦という米を、削りに削って雑味を取り除いてから使います。それに仕込み水がまろやかで素晴らしいんです」

私は浅葱さんの朝の儀式を思い出しながら話した。彼が毎朝欠かさずにしている儀式には私も立ち会わせてもらったことがあるが、それはそれは厳かで神聖な時間だった。美しき水をいただけることに感謝を込めた龍神の吐息を吹きかけたあの水は、泉宮酒造を支えている。

私の説明を興味深く聞いてくれたその人は、高価な龍翔をためらいなく購入してくれた。しかも、「あなたの接客の値段にしては安いくらいだ」と付け足してくれたので、うれしさのあまり頬が緩む。

「ありがとうございました」

店先まで出て深くお辞儀をして見送ったあと店内に戻ると、亜紀さんが冷ややかな目でにらんでくる。私はそれにひるむことなく改めて叔父に話しかけた。

「叔父さん。千両屋で買いたいと思っていただく努力をしないと、どれだけ支払いを待ってもらっても結果は見えています。偉そうなことを言っているのはわかっています。でも、私はここがなくなってほしくないんです」

ここにいた頃には決して口にできなかった発言だったが、わかってもらいたくて必死だった。

「なんやて？」

「浅葱さんはとても聡明《そうめい》な方です。私が丸め込めるような人ではありません。ですが、努力は評価してくださいます。千両屋が変わろうとする姿勢を見せれば、今後の取引も考えてくださるはずです」

叔父は眉を上げて怒りを示したが、私がこれほど強く反論したのが初めてだったからか、黙り込んだ。

「手伝えることがあれば言ってください。また来ます」

資料を無理やり亜紀さんに押しつけた私は、千両屋をあとにした。

お願い、わかって。

私は心の中で強く祈った。

第四章

天を舞う金色の龍

四月に入り、泉宮酒造の庭先にある桜の花びらが風にあおられて空高く舞う暖かな日に、今年の酒蔵の仕事をすべて終えた。

冬の間、黙々と働いてくれた職人たちは、朔月《さくげつ》の今日、あやかしの住む幽世に帰るという。

「今年は格別によい酒ができた。皆のおかげだ。ありがとう」

瑞祥に集まった職人たちの前で、浅葱さんが首を垂れる。

「浅葱さまの導きのおかげです。もう来年が待ち遠しいや」

玄さんが笑みを浮かべて話すと、他の職人もうなずいている。

「今年は小夜子さまも来てくれたから、本当に楽しかった。俺たちを受け入れてくれて、ありがとうございます」

弥一さんから思いがけない言葉をもらい、ひどく驚いた。

「いえっ。それは私のセリフで……。こちらこそ、ありがとうございました」

私を気遣ったのか、これが日常なのか、誰ひとりとしてあやかしの姿には変化しなかった。そのおかげもあって、数回言葉を交わしたらいつの間にか仲良くなれていた。

「いつも通り、龍翔を持っていってくれ」

それから烈さんと一緒に、職人一人ひとりにねぎらいの言葉をかけながら龍翔を配った。酒蔵ではこうして仕事の終わった職人に新酒を持たせるのが習わしだとか。

「浅葱さま。幽世にも顔を出してくださいよ。小夜子さまの自慢をしないと」

「そうだな……」

玄さんにせがまれた彼は、私をチラッと視界に入れて歯切れの悪い返事をしている。

「あっ、小夜子さまが無理か……。あっちは人形をとるあやかしはほとんどいませんからねぇ」

「え！」

いくら彼らが優しいあやかしだと知っていても、それはご遠慮したい。

「寂しくなったら俺たちが会いに来ます。そのときはまた塩辛を食わせてください」

「はい。お待ちしています」

「コハク。小夜子さまを頼んだぞ。それでは」

私は浅葱さんと烈さん、そしてコハクと一緒に皆を見送った。

酒の製造が終わると、瑞祥も休店。しぼりたての生酒が出せなくなるからだ。浅葱さんと烈さんの仕事は、出荷のみになる。仕事は続くが、今まではずっと時間に余裕ができる。

「寂しくなりましたね」

職人たちが去った翌日。浅葱さんと縁側で空を見上げる。

「そうだな。今年は小夜子が来てくれたおかげで、皆のテンションが高くて楽しい時間だったよ」

「私はなにも……。でも、私も楽しかった。最初はどうなることかと思いましたけど、京都に来てから一番充実した時間でした」

浅葱さんは私がやりたいことはやらせてくれた。それでいて放っておくわけでもなく、ずっと陰で支えてくれた。彼がいたから、安心して新しい道に足を踏み出すことができた。

「それはよかった。お前はここに来てから生き生きしている。ずっと笑顔でいてくれ」

彼は隣に座る私の肩をそっと抱く。まだ照れくささがあるものの、私は力を抜いて彼に体を預けた。冬の間は忙しくて目が回りそうな日もあったが、これからは夫婦としての絆《きずな》も深めていきたい。

「浅葱さんは幽世に行かなくていいんですか?」

「俺は小夜子がいる場所にいたいよ」

彼は私の髪を優しく撫でながら、笑みをこぼす。冷酷な暴君は、こんなに柔らかな笑顔を持つあやかしだった。私は彼の妻になれて幸せだ。

瑞祥が休店となり時間に余裕ができた私は、来年に向けての新たなメニュー作りに挑戦している。相変わらず私にべったりで、浮遊しているあやかしをけん制してくれるコハクと一緒に、買い出しに出かけることも多い。

今日は浅葱さんに最近買ってもらった自転車のかごにコハクを乗せて、スーパーのはしごをする予定だった。さすがに着物では自転車には乗れず、久しぶりに洋服姿だ。

「曇ってきたね」

昼食を済ませてから外出したが、黒い雲の流れが速い。今朝のニュースで、今日は所によっては豪雨になる可能性があると言っていたけど、その前兆だろうか。

「早めに帰ろうか。コハクも雨は苦手でしょ？」と言いつつ、バッグに忍ばせてきた資料が頭をよぎる。

「千両屋だけ行こう」

冷蔵庫の中は充実していたので夕食には困らない。スーパーは今日でなくてもいい。

亜紀さんに新しい資料を渡したら帰ろうと先を急いだ。

千両屋につく頃には、雲が厚みを帯びてきた。太陽の光が遮られたせいか昼間とは思えない暗さで不気味だ。

「こんにちは」

店にはお客さんはいなかった。この天気では、伏見稲荷も参拝客が少ないのだろう。

店番をしていた亜紀さんは、私に冷たい視線を送ったあとは、特になにを言うわけでもない。

「今日はもろみづくりの資料を持ってきました。ここまで説明を求められることは少ないけど、知っていると役立つこともあるかなと。時間があったら読んでみて」

私が訴えても返事もしない。完全に拒否だ。けれども、泉宮家に嫁いだときの自分のようだと冷静に考えていた。今は受け入れられなくても、話を重ねていけばいつかわかり合えるはず。

「雨がポツポツしてきたから、今日は帰りま――」

「亜紀！」

そのとき、二階から叔母の大きな声が聞こえてきて、ドタバタと階段を下りてくる足音がした。

「なに？」

亜紀さんが尋ねているが、叔母はなぜか表情をこわばらせてカタカタと歯を震わせている。

いったい、どうしたの？

「お、お父さんが、増水した川の中州に取り残されたって……」

「え？」

みるみるうちに亜紀さんの顔が真っ青になっていく。

「釣りに行っていたんですか？」

「そう。一緒に行った人から電話が入ったんや。雷が鳴りだしたと思たら、急に増水したって……。早めに帰るから大丈夫や言うてたのに」

私が問いかけると、叔母は呆然としながら教えてくれた。

「どこに行ったんですか？」

「イワナを釣るって、貴船の奥に。どないしょ……」

結婚式を挙げた貴船神社の奥のことだ。あの辺りはイワナの放流区のはず。

「救助は？」

「要請してくれたって……」

亜紀さんになんとか返事をする叔母は、完全に取り乱しへなへなと座り込む。

「私らも向かおう」

亜紀さんが震えながらも提案している。

突然の増水ということは、もっと上流では豪雨になっているのだろう。その雲がこちらにやってきたら、貴船の辺りも強い雨が降りだす可能性がある。

激しく混乱しながらどうしたらいいのか考えていると、コハクが私のスカートにかみついて引っ張る。そして泉宮家のほうに向かって激しく吠え始めた。

浅葱さん……。

もしかして龍神の彼なら、助けられるかもしれない。

「あとで連絡します」

私はふたりを置いて千両屋を飛び出し、自転車を置いたままタクシーを捕まえて家に戻った。

「浅葱さん！」

玄関に入り声を張ったが返事がない。

「酒蔵？」

私は降り出してきた雨に打たれながら酒蔵のほうに走った。

「浅葱さん！」

「どうしたんだ？」

事務所で仕事をしていた浅葱さんに駆け寄り、口を開く。

「叔父さんが……。貴船の奥の川に……。このままじゃ……」

「落ち着け。なにがあった」

彼は私の肩に手を置き、真剣なまなざしを送ってくる。私は叔父が中州に取り残されたらしいことを伝えた。

「浅葱さんの力で助けられませんか？」

必死に訴えるも、彼の表情は変わることはなく、返事もない。

嵐を鎮められるんじゃないの？

「浅葱さん！」

「小夜子さま。その願いは浅葱さまには酷です」

口を挟んだのは、一緒に仕事をしていた烈さんだ。

「どうして？」

「龍神さまなら、一時的に雨を止めることも可能でしょう。実際、そうやって何度も川の氾濫を抑えたり、人を救助したりしてこられた。でも、浅葱さまに助けられた人間の中には、あれほど増水しても無事だったからともう一度同じことを繰り返し、結果、命を落とした者も数多くいます」

「そんな……」

たしかに以前、『自然現象に手を出して助けていると人間は努力しなくなる』と言っていた。だから簡単には手を貸さないと。そうした反省があってのことだったのか。

それはよく理解できる。浅葱さんがいつも助けていたら、人間は治水をしなければという考えを持つことすらなかったかもしれない。しかし……。叔父の緊急時に、そんな物わかりのいいことを言ってはいられない。

「でも、叔父さんが……」

「浅葱さまは、手出しをしないために亡くなる人がいることは重々承知されていて、そのたびに苦しんでこられました。ですが、全国の気象現象を司ることはできませんし、運よく助けられたというだけで、人間の治水に対する意識が削《そ》がれるのも望んではいらっしゃいません」

龍神としての彼に、そんな葛藤があることを初めて知った。

私は脱力した。浅葱さんの気持ちがわかるからこそ胸が張り裂けそうにもなるけれど、叔父がまさに命の危機にあるのも事実だ。

「私、貴船に行ってきます」

ここで待っているだけなんてできない。せめて近くに行かなくては。

酒蔵を飛び出すと雨が激しくなっていて、降り注ぐ雨粒が痛いくらいだ。

「小夜子！」

道路に出たところで、うしろから浅葱さんに抱き寄せられて捕まった。

「行ってもできることなどない」

「わかってます。でも、せめて近くに……」

「ダメだ。お前の命を危険にはさらせない」

もう頭の中がぐちゃぐちゃでなにを考えていいのかもわからない。浅葱さんの言う通り、素人の私が駆けつけたところでできることなどないし、それどころか足手まといだ。しかし、じっとしていられない。

「でも！」

「どうしてなんだ。お前は寺内の叔父に冷たくあしらわれてきたのではないのか？　うちと取引を続けるために差し出されて……。そんな人間をどうしてそこまでして救いたい？」

彼は私を強い力で抱きしめたまま尋ねる。

たしかに、叔父が私に浴びせる言葉には冷たいものもたくさんあった。けれど……。

「寺内の家に引き取ってもらえなければ、私は高校にも通えませんでした。亜紀さんと比べられて苦しいこともありましたけど、京都に来たから……千両屋で働いていたから、浅葱さんに会えたんです。もう、それで十分。私は今こんなに幸せなのに、叔父さんに恨みごとなんて言えません」

「小夜子……」

これほど私を思ってくれる浅葱さんと一緒にいられることこそが大切で、これまでの苦労はそのために乗り越えるべき試練だったと思えば、なんてことはない。

笑いもしない冷酷な人に嫁がされると知ったときは絶望もした。あっさり嫁入りを決めた叔父の仕打ちがひどいと思ったこともある。しかし、それをいつまでも恨んでいても、明るい未来はやってこない。私は私なりに努力を重ねて浅葱さんのよき妻となり、ふたりで楽しい明日を築きたい。

「お前ってやつは……」

浅葱さんは私の耳元でそうつぶやいたあと、ふと手の力を緩める。

「烈、コハク」

「はい」

そして凜とした張りのある声で烈さんたちを呼んだ。

「小夜子を頼む」

「承知しました」

「小夜子。お前の優しさに免じて今回限りだ。必ず助ける。その代わり、お前は家から出てはならん」

「浅葱さん……。はい」

彼の決断に大きな葛藤があるとわかっているので、目頭が熱くなる。

「目を閉じていろ。龍の姿など見たくはないだろう?」

「いえ。浅葱さんの本当の姿を見せてください。私は龍神の妻です。逃げたりしませせん」

助けてくれるというのに、目をそらせるわけがない。

「そうか、わかった。烈、頼んだぞ」

彼はふと笑みをこぼしたかと思うと、凜々《りり》しい表情で空を見上げる。すると、雷でも落ちたかのような強い光が彼を取り囲み、その中から真っ赤に光る眼と鋭い牙を持つ龍が飛び出してくる。とてつもなく大きな龍の全身は金色《こんじき》のうろこで覆われていて、芸術品のように美しくもあった。

気高き金色の龍は、一面に広がる黒い雲に向かって昇っていく。まるで漆黒の闇に希望をもたらす一筋の光のような光景に、息を呑む。

恐怖などまったく感じられない。それどころか感動すら覚えて胸が震える。

「龍神さま……」

これが浅葱さんの本当の姿なんだ。なんて美しい……。

私は知ろうともせずただ怖いと思っていたことを激しく後悔していた。

「小夜子さま。家にお入りください」

「……はい」

今は浅葱さんを信じるだけ。私は烈さんに促されて、家の中に入った。

濡《ぬ》れた洋服を着替えたあと、烈さんに拭いてもらったコハクを膝に抱き、窓から外を眺める。

「小夜子さま、体が冷えていますから、上燗をご用意しました」

「いえ、私は……」

浅葱さんが叔父の救出に向かったのに、お酒を飲んではいられない。

「どうかお飲みください。浅葱さまは小夜子さまのことに関しては、途端に臆病になられます。小夜子さまが体を冷やして風邪でもひかれたら、オロオロされるでしょう。見ていられないのですよ」

「そんな……」

烈さんは私の緊張を和らげるかのように、優しく微笑む。

「小夜子さまは、まだおわかりでないようだ。浅葱さまがどれだけ小夜子さまを大切に思っていらっしゃるか。な、コハク」

私の膝の上に収まるコハクの頭を撫でる烈さんに指摘されると恥ずかしい。でも、もうわかっているかも。浅葱さんの愛の大きさを。

「私、烈さんたちが尊敬する龍神さまの妻でいてもいいでしょうか？」

「もちろんです。浅葱さまの伴侶は、小夜子さましか考えられません」

ずっと浅葱さんに仕えてきた彼にそう言われ、一生浅葱さんについていくと気持ちを強くした。

叔父が無事に助かったという知らせは、ニュースをチェックしていた烈さんから教えられた。

「他にもうひとりが一緒に取り残されていたようですが、ふたりとも無事だそうです。ニュースでは、突然空が明らみ、日が差したと。川の流れが鎮まったところで救助されたそうです」

「よかった……」

浅葱さんが助けてくれたんだ。

すぐに寺内の家に電話を入れたが誰も出ない。ふたりは現場近くまで向かったのだろう。今頃、叔父と無事を喜んでいるかもしれない。

「浅葱さん、ありがとうございました」

私はコハクを胸に抱き、窓越しに空に向かって頭を下げた。

浅葱さんが戻ってきたのは、それから一時間ほどあとのこと。

「瑞祥だ……」

あれほど強く降っていた雨がやみ、空には虹色の光が差し込む彩雲が広がった。まるで神からの贈りもののような神々しき光景に、息をすることすら忘れそうになる。

うっとりと心奪われるその鮮やかな彩雲の中から、太陽の光を一身に浴びて金色のうろこを輝かせた龍が姿を現した。伝説の一場面の目撃者にでもなったかのように胸が熱くなった私は、自然とあふれ出る涙を止めることができない。

「おかえりなさい」

「ただいま」

すっかり人形に戻って玄関に入ってきた浅葱さんを出迎えると、笑みを見せてくれる。

「ありがとうございました」

「あぁ」

彼は私の頬の涙を拭い、小さくうなずく。

「浅葱さま。お疲れさまでした。風呂の準備が整っております」

「ありがとう、烈。コハクも、小夜子を守ってくれてありがとう」

――クゥン。

私が抱いていたコハクの頭を浅葱さんが撫でると、気持ちよさそうに目を閉じて鼻を鳴らしている。

あやかしの世界でも強い存在として認識されていて、なおかつ泉宮酒造の頂点に立つ彼は、こんなにも優しく温かな心を持っている。

二日後。

検査のために入院していた叔父が退院して家に戻ったと聞き、浅葱さんと一緒に寺内の家を訪ねた。浅葱さんが一緒だったからか、叔母の緊張がありありとわかり、亜紀さんは終始うつむいていた。

「叔父さん……。本当によかった。もう二度と無謀なことはしないでください」

まだ床についてはいたが、叔父の元気な姿を目の当たりにして涙がにじんでくるのを抑えられない。

「天候が荒れるのがわかっていて釣りに行ったことは反省している。いろんな人に迷惑をかけた」

その通りだ。浅葱さんだけでなく、救助に向かってくれた人たちも命がけだったのだから。

「はい」

「不思議な夢を見たんだ」

「夢?」

叔父の言葉に首を傾げる。

「黄金の龍が現れて、小夜子に感謝しろという声が聞こえてきて……。気がついたら救急車の中にいた」

叔父さん、それは夢じゃないかもよ？　浅葱さんが叔父の意識の中に姿を現したのかも。

隣の浅葱さんの様子をうかがうと、彼は表情ひとつ変えず目だけを動かして私をチラッと見る。

冷酷な暴君の仮面は外せないか。酒蔵のあやかしたちを守るためだから仕方ない。でも、私に感謝しろだなんて。

「死を覚悟したとき、後悔ばかりが頭をよぎった。まだやりたいことがたくさんあったし、やっぱり千両屋を立て直したい」

今までのことを考えると、支払いを待ってくれている浅葱さんを前にしたポーズでは？　とも勘ぐったが、叔父の目は真剣だった。その言葉を信じたい。

「叔父さん。ゆっくり休んで元気になったら、千両屋をもり立ててください。私も戻ってくる場所がなくなるのは寂しいです」

「そうだな」

叔父はいつになく柔らかな表情でうなずいた。

終章

それからひと月。浅葱さんとの穏やかな生活が続いている。

「浅葱さん、これ味見していただけますか？　瑞祥のメニューに加えたいと思って作ったんです。烈さんはおいしいと言ってくれたんですけど……」

午前中、調味料の分量を試行錯誤していたカレイの煮つけを、昼食を待つ浅葱さんの前に置いた。すると彼は小さなため息をつく。

あれっ、嫌い？

「ごめんなさい。お気に召さなければ――」

「違う」

彼が私の言葉を途中で遮り手招きするので、隣まで行き腰を下ろした。その瞬間、腕をグイッと引かれて、彼の広い胸に飛び込むような形になってしまった。

「ど、どうしたんですか？」

最近は触れられることに慣れてきたとはいえ、まだ抱きしめられるのは照れくさいのに。

「なんで俺より先に烈が味見してるんだ？」

それで怒っていたの？

「だ、だって……。烈さんが配膳の手伝いに来てくれたから……」

烈さんはこの部屋に食事を並べたあと、コハクを連れて出ていった。食事は浅葱さんとふたりでというのが、ここに来てからの習慣になっている。

「そうだとしても気に食わん」

妬《や》いているの？　相手は烈さんだよ？　しかも、試食してもらっただけだよ？

「いやっ、あのっ……」

「お前は俺の妻だろ？」

耳元で甘く囁かれて、体がゾクゾクする。最近、浅葱さんは以前にもまして私を甘やかすので、しどろもどろになり通しだ。

「離さないぞ」

離れないのに。私は一生、あなたについていくのに。

「私は、浅葱さんに嫁げて幸せです。ずっとそばに置いてください」

恥ずかしかったが思いきって伝えた。言葉にせず、すれ違うのは嫌だったからだ。

すると、いっそう強く抱き寄せられて、胸が苦しいほど拍動を速める。

「煽《あお》っているのか？」

「え！」

彼の発言に驚いてすさまじい勢いで離れると、ははは と笑いを漏らしている。彼はよく声をあげて笑うようになった。

「ほら、冷めるから食うぞ。午後から貴船神社に新酒の奉納に行くんだが、小夜子も来るか？」

「行ってもいいんですか？」

私たちが挙式をした貴船神社には、あれから足を運べていない。

「もちろん。お前は杜氏の妻なんだぞ」

「はい」

彼にそう言われると感激だ。まだたいしたことはできない妻だけど、いつか胸を張って彼の隣に立てるようになりたい。

浅葱さんは真っ先にカレイの煮つけに手を伸ばした。

「うまいじゃないか。酒が飲みたくなる」

「よかった。お酒に合うように味付けを少し濃くしたんです」

「うん。そういえば小夜子はなかなか酒に強いんだな」

嫁いだその日に二十歳を迎え、挙式の盃が私のお酒デビューだったが、泉宮酒造のお酒がおいしくて、最近は夕食のときにたびたびいただくようになった。かなり強い浅葱さんと比べると飲む量はたいしたことはないけれど、記憶が飛ぶほど酔ったことはない。

「亡くなった父が強い人だったので、その血を継いでいるのかもしれません」

「そうか……。お前の両親にも会いたかったな」

彼は感慨深い様子でうなずいた。

「そういえば、昨日烈が千両屋に行ってきたとか」

「そうなんですか？」

「あぁ。亜紀さんがお前の作った資料を見ながら、星芒と暁光の違いを説明してくれたそうだ」

彼の言葉を聞き、自然と顔がほころんでくる。

「本当ですか？」

「小夜子の一生懸命さが届いたんじゃないか？」

そうだとうれしい。

「叔父さんも叔母さんも、新商品の開拓をしたり積極的に店番をしたりしているようだ。千両屋を立て直すのには時間がかかるかもしれないが、泉宮酒造としては手助けしたいと思っている」

「ありがとうございます！」

とっくに取引を切っていてもおかしくないのに。彼に甘えてばかりで申し訳ない気持ちもあるけれど、千両屋の未来を信じていたい。

昼食の片づけのあと、裾に紫陽花《あじさい》があしらわれた浅紫色の訪問着に着替えてから貴船神社に向かった。珠緒さんの容赦ない指導のおかげで、着物の着付けもすっかり自分でできるようになっている。

神社の春日灯籠《かすがどうろう》が並ぶ階段の前に立つと、浅葱さんがスッと手を差し出してくれるので私はそれを握った。挙式のときは不安ばかりだったが、今はこんなに晴れやかな気持ちで階段を上がることができる。

神饌《しんせん》には新酒の龍翔も並んだ。浅葱さんと烈さん、そしてコハクとともに拝殿で拝礼をする。祭神である、龍神の高龗神、闇龗神は浅葱さんにとっても偉大な存在らしく、感謝の祈りをささげる彼は真剣そのものだった。

その後、コハクを預かってくれた烈さんと別れて、浅葱さんとふたりで結社《ゆいのやしろ》に足を向けた。

「ここの祭神は、磐長姫命《いわながひめのみこと》。縁結びの神として有名だ」

社にお参りをすると、浅葱さんが教えてくれる。

「縁結び……」

「あぁ。不安いっぱいで嫁いできた小夜子と、こうして手に手を取り合ってここに立てたことに感謝せずにはいられない」

感慨深い様子の彼を見て、胸にこみあげてくるものがある。

「私も、感謝でいっぱいです。いたらない私を妻に選んでくださって、ありがとうございました」

そう漏らすと、彼はふと表情を緩めて私に真摯なまなざしを注ぐ。そして、手を伸ばしてきてそっと私の頬に触れた。

「小夜子は最高の妻だよ」

真顔で言われると、照れくさい。

「今、天国のご両親に小夜子を幸せにすると誓ったんだ」

「両親に……？」

「もちろん、最初からそのつもりだった。でも、きちんと誓いを立てていなかったなと」

もしかして、それでここに来たの？

「浅葱さん……」

私はたまらず彼の胸に飛び込んだ。すると、強く抱きしめてくれる。

「小夜子。龍神と婚姻を交わして、後悔はないか？」

「もちろんです。ずっとついていきます」

彼の質問に迷うことなく答えると、背中に回った手が緩み、再び至近距離で見つめられる。

「愛して、いる。誰よりも、小夜子のことを」

そして切なげな声が聞こえたかと思うと、熱い唇が重なった。

彼との出会いは、幸福を運んできた。この先、なにがあっても離れない。

すぐに唇は解放されたものの、恥ずかしさのあまりまともに顔を見られない。うつむき加減で黙っていると、浅葱さんが口を開いた。

「さて、そろそろ帰ろう。あまり小夜子を独占すると、コハクの機嫌が悪い」

「コハクが？」

そんなこと、気がつかなかった。

「そうだぞ。プイッとそっぽを向かれる」

「あはは。知りませんでした」

「でも、今晩は独占してもいいか？」

そこはかとなく艶を纏った声で囁かれ、目を瞠る。それって……。

「小夜子と俺の子は、かわいいだろうな」

「えっと……。そのっ……」

瞬時に顔が熱くなり、まともに言葉が出てこなくなった私を笑う浅葱さんは、私の手を指を絡めてしっかりと握った。

「帰るぞ。俺たちの家に」

「はい」

私の返事に、彼は優しく微笑んだ。

これからずっと、彼と生きていく。金色のうろこを持つ龍神は、私の自慢の旦那さま、だから。

―――本書のプロフィール―――

本書は書き下ろしです。

小学館文庫

京都《きょうと》鴨《かも》川《がわ》あやかし酒造《しゅぞう》
龍神《りゅうじん》さまの花嫁《はなよめ》

著者　朝比奈希夜《あさひなきよ》

二〇二〇年二月十一日　初版第一刷発行
二〇二一年六月　六日　第三刷発行

発行人　飯田昌宏
発行所　株式会社 小学館
〒一〇一-八〇〇一
東京都千代田区一ツ橋二-三-一
電話　編集〇三-三二三〇-五六一六
販売〇三-五二八一-三五五五
印刷所――図書印刷株式会社

この文庫の詳しい内容はインターネットで24時間ご覧になれます。
小学館公式ホームページ　http://www.shogakukan.co.jp

ISBN978-4-09-406746-0

江本マシメサ
Mashimesa Emoto
浅草ばけもの甘味祓い
〜兼業陰陽師だけれど、上司が最強の妖怪だった〜
小学館文庫

京都上賀茂 あやかし甘味処

鬼神さまの豆大福

朝比奈希夜

イラスト　神江ちず

幼い頃から「あやかし」がみえる天音。
鬼神が営む甘味処で、
なぜか同居生活を始めることに!?
不思議で優しい、
京都和菓子×あやかしストーリー！

CHARABUN
キャラブン！
小学館文庫